Astrid Dinges

Der Ruf des Roten Jaguars

Mythen, Märchen und Geschichten aus Mexiko

Brandes & Apsel

Auf Wunsch informieren wir regelmäßig über das Verlagsprogramm:
Brandes & Apsel Verlag, Scheidswaldstr. 33, D-60385 Frankfurt a.M.
E-Mail: brandes-apsel@t-online.de
Internet: www.brandes-apsel-verlag.de

literarisches programm 97

1. Auflage 2003

Lektorat: Volkhard Brandes, Frankfurt am Main
DTP: Wolfgang Gröne, Groß-Zimmern
Umschlag: MDDigitale Produktion, Petra Sartowski, Maintal
Druck und Verarbeitung: Tiskarna Ljubljana d. d., Ljubljana
Printed in Slovenia
Gedruckt auf säurefreiem, alterungsbeständigem und chlorfrei gebleichtem Papier.

Bibliografische Information Der Deutschen Bibliothek:
Die Deutsche Bibliothek verzeichnet diese Publikation in der Deutschen Nationalbibliografie; detaillierte bibliografische Daten sind im Internet über http://dnb.ddb.de abrufbar

ISBN 3-86099-497-2

Inhalt

Eine Anfangsgeschichte mit Folgen

Einige glückliche Jahre hatte ich in Mexiko verbracht, und nun befand ich mich auf der Rückreise nach Europa. Ehe ich mich wieder auf die Heimat - jetzt noch in weiter Ferne - zubewegte, wollte ich intensiv Abschied nehmen vom amerikanischen Kontinent und hatte deshalb eine große Schleife über Südamerika eingeplant, um dann von Rio de Janeiro aus über den Ozean zurück nach Europa zu fliegen. Nach einem Stop in Quito, Equador, wo ich in der Mittagszeit abflog, kam ich gegen Abend in Asunción, Paraguay an. Ich gedachte, gleich nach Iguaçú weiterfliegen zu können zu den Wasserfällen, mindestens so gewaltig wie die Niagara-Fälle auf dem nördlichen Teil des Kontinents, an die Länder Argentinien, Brasilien und Paraguay grenzend.

Doch in Asunción, bei Herrn Präsident Stroessner, wurde abends zu dieser Zeit der Flughafen abgeschlossen wie bei uns zu Lande eine Scheune, und es gab keine Flugverbindungen mehr nach draußen, die mich hätten nach Iguaçú bringen können.

Was sollte ich tun? In Gedanken versunken folgte ich einer Gruppe laut diskutierender Passagiere aus dem Flugzeug bis zum Flughafenausgang. Es stellte sich heraus, dass ich mit einer Schar von solidarischen Mitreisenden zusammengetroffen war, die auch noch am gleichen Abend zur argentinischen und brasilianischen Grenze wollten. Man beschloss, einen Busfahrer anzuheuern, der gewillt war, uns nach Iguaçú zu bringen, bzw. an das Dreiländereck Paraguay, Argentinien und Brasilien. Geschäftstüchtige Busfahrer vor dem Flughafen hatten sich schon auf diese Situation eingestellt. Ohne große Umstände fanden wir einen Fahrer, und im Nu war das Gefährt voll: mit mir, einem amerikanischen Ehepaar, das mir wegen seines Verhaltens und seiner eigentümlichen Redeweise aufgefallen war, einigen argentinischen Juden, die - wie sich später herausstellte - aus Deutschland exiliert waren und vielen Einheimischen aus Argentinien, Brasilien und Paraguay.

Die Fahrt ging hinaus in die einsetzende Nacht. Es begann zu regnen. Im Dämmerlicht konnte man zuerst noch den Verlauf der Straße erkennen, die schnurgerade wie auf einem Damm zum dunklen Horizont führte. Rechts und links der Autopiste erstreckten sich Orangenplantagen mit reifen Früchten, hier und da unterbrochen von niedrigem Wald.

Nach einigen Stunden Fahrzeit machte der Bus mitten in der Nacht halt an einem Restaurant mit Tankstelle. Die Einöde hieß die Gäste aus Asunción wahrlich nicht willkommen, doch die Not zwang zum Rasten. Fast alle Passagiere verließen den Bus, um sich die Füße zu vertreten, etwas zum Essen zu kaufen oder eine Toilette aufzusuchen. Ich blieb wie angenagelt auf meinem Platz sitzen und betrachtete immer wieder die Gesichter der Menschen beim Aussteigen. Plötzlich ging es mir durch den Kopf, die Gedanken zu dem einen oder anderen Gesicht, das mich durch seine Einzigartigkeit provozierte, aufzuschreiben.

Der Busfahrer hatte mit den Fahrgästen eine halbe Stunde Pause vereinbart. Doch schon nach zwanzig Minuten trudelten die ersten wieder ein, weil es draußen keineswegs besonders angenehm war. Obwohl eifrig beim Notieren, nahm ich die Menschen um mich herum intensiv wahr, weil das Lesen in ihren Gesichtszügen meinem Zustand der Zwiespältigkeit Befreiung schaffte. Die Erinnerungen an das zurückgelassene Mexiko, die sich immer stärker in mein Bewusstsein drängten, je mehr sie Vergangenheit waren, vermischten sich mit dem, was ich im Bus sah. Die Menschen um mich herum wurden zu Protagonisten meiner wiederbelebten Phantasie. Um ihre Gestalt rankten sich die Abenteuer, die ich auf diesem Kontinent erlebt hatte und von dem ich mich innerlich verabschieden wollte. Meine Gedanken verbanden sich mit dem Mienenspiel der Menschen um mich herum, hinter denen ich das Leben vermutete, über das ich gerade im Begriff war, etwas zu Papier zu bringen. Nach einiger Sucherei hatte ich in der Handtasche einen Stift gefunden, der mir half, die Zeit mit meinen Notizen zu vertreiben. Der Bus setzte sich wieder in Bewegung. Vielleicht hätte ich es nicht einmal wahrgenommen, wenn nicht der kleine Ruck gewesen wäre, mit dem sich das Fahrgestell aus den frisch aufgeschütteten Banketten befreite.

Ich schaute nachlässig in die Runde und stellte fest, dass die Fahrgäste wieder ihren Platz eingenommen hatten. Der Busfahrer steuerte erneut die Nacht an. Während ich meinen Einfällen nachhing, starrte ich nach vorn in die Leere und erschrak mäßig, als ich den Platz neben dem Amerikaner einige Reihen vor mir leer fand. Wo war die Frau? Sogleich schaute ich noch einmal hin, diesmal deutlicher, um meine Wahrnehmung zu überprüfen. Der Platz neben dem Amerikaner, einige Reihen vor mir, war leer... wirklich leer. Weil ich es immer noch nicht glauben wollte, suchte ich mit meinen Augen den Bus ab nach der Frau. Das war unglaublich! Man müsste Alarm schlagen und den Bus zum Halten bringen... der Ehemann nebendran so in die Zeitung vertieft! Fragen über Fragen türmten sich in mir auf.

Äußerlich blieb ich ganz ruhig. Ich richtete mich an meinen Busnachbarn mit dem Hinweis, dass die Frau da vorn nicht mehr da sei – oder noch nicht zurückgekommen... oder sonstwie verschwunden... Man müsse dem Busfahrer schleunigst Bescheid geben und umkehren... und überhaupt der Ehemann, der immer noch in seine Zeitung vertieft sei... Der Nachbar zuckte mit den Achseln und deutete mir an, dass ihn das nichts angehe und mich letzten Endes auch nicht. Das sei Sache des Ehemanns.

Wieder zog ich mich in mich zurück und grübelte weiter. Schreiben konnte ich nicht mehr. Eigentlich ging mich die Sache mit der Frau nichts an. Schließlich gehörte dieser Amerikaner eindeutig zu der verschwundenen Frau. Und jetzt las er Zeitung und tat so, als wenn ihn das alles überhaupt nicht beträfe. Vielleicht war ja alles so rechtens? Die Frau unterwegs ausgestiegen, und er fuhr weiter. Es konnte ja sein, dass sie von Bekannten dort an der einsamen Stelle abgeholt worden war. Aber wie konnte sie abgeholt werden, wenn vor drei Stunden noch nicht einmal feststand, dass der Bus fuhr? Es war ja kein Linienbus. Wieder ließ ich mich in die Angelegenheit hineinziehen und grübelte weiter.

Schließlich fasste ich mir ein Herz, ging vor zu dem in seine Zeitung vertieften Ehemann, stieß ihn von hinten an die Schulter, so dass er von seiner Zeitung aufschauen musste – vielleicht hatte er ja auch geschlafen? – und deutete auf den leeren Platz neben ihm. Der Mann stieß, als er den leeren Platz sah, einen Schrei aus, der den ganzen Bus aufhorchen ließ. Er gestikulierte wild und deutete, indem er immer wieder das Wort »stop« wiederholte, an, dass der Busfahrer umdrehen müsse, um die Missis zu holen. Endlich hatte der Busfahrer das Geschehene erfasst, bremste, überlegte nicht lange und stieß zurück, um auf der schnurgeraden Straße zu wenden.

»Oh Gott«, dachte ich, »wie kann solch ein Unternehmen auf dieser schmalen Straße gelingen?«

Das war der Anfang eines Abenteuers größeren Ausmaßes. Der Busfahrer steuerte den Bus etwas rückwärts, schlug kräftig ein, um auf der Straße querstehend, mehrmals zurücksetzend, den Bogen zu erlangen, um in die andere Fahrtrichtung zu stehen zu kommen. Beim zweiten Mal rückwärtsstoßend sank der schwere Bus jedoch in die aufgeweichten Bankette ein, so dass er festsaß. Alle sollten aussteigen, damit das Gefährt leichter würde und den Männern das Schieben besser von der Hand gehe, und das bei strömendem Regen! Es war ein Riesenunternehmen, mit »hau-ruck«- und »*dale dale*«-Schreien das Busgefährt wieder flott machen zu wollen. Vergebens! Der Bus saß mit der Hinterachse fest. Alles Menschenmögliche wurde versucht, bis man nach geraumer Zeit zu der Überzeugung kam, dass der Bus nur mittels einer Zugmaschine wieder flott zu machen sei. Wie sollte man aber eine

Zugmaschine bekommen, wenn man hier festsaß und kein Mensch vorbeikam? Weit und breit war niemand, der unsere Nachricht hätte mitnehmen können.

Unterdessen verschwanden die Argentinier in der Nacht auf einer Orangenplantage neben der Straße und pflückten eine Menge Apfelsinen, die sie der Bus-Mannschaft als Erfrischung anboten. Da es ununterbrochen weiterregnete, deutete der Busfahrer an, dass wir uns in den Bus setzen könnten, damit wir nicht aufweichten. Ich nahm wieder die Gelegenheit zum Schreiben wahr. Draußen schrien und gestikulierten die Argentinier, weil ihnen immer klarer wurde, dass ein Wunder geschehen müsse, wenn tatsächlich eine Zugmaschine käme, um den Bus wieder in Bewegung zu bringen. Das hieß, dass die Pforten des Hotels in Iguaçú geschlossen sein würden, wenn wir in der Morgenfrühe ankämen.

»Ja, soll ich dann vielleicht in der *Kaische* schloafe?«, rief eine Stimme in Rheinhessisch mit argentinischer Einlage. Es war mir bekannt, dass die Argentinier das spanische Doppel-L wie ein »sch« aussprechen. Aha, der Argentinier wollte nicht auf der Straße schlafen. Das wollte wohl keiner von uns. Ich unterbrach meine Schreibarbeit und ging hinaus an die frische Luft, aber auch um dem wohlbekannten Dialekt nachzugehen. Bald ergab sich ein Gespräch auf rheinhessisch mit einem jüdischen Flüchtling aus Nazideutschland, der wie sich herausstellte, aus Bingen stammte, in Argentinien lebte und sich über die Begegnung mit mir sichtlich freute. Für mich aber war es überraschend, schon den heimischen Lauten zu begegnen hier im tiefsten Südamerika.

Draußen in der Nacht wurde es mir zu kalt, und ich zog mich erneut an meine Schreibarbeit zurück. Im Bus hatte sich Lethargie breit gemacht: Man nahm hin, was man nicht ändern konnte und machte das Beste daraus, ohne zu rebellieren. Die meisten Fahrgäste schliefen ein, einige fingen an, ihre Essensreste aufzuzehren, und andere – besonders die draußen – unterhielten sich sehr angeregt. Ich schrieb als einzige eine Geschichte nach der anderen. Die Zeit verging recht schnell dabei. Ich war nicht mehr hier in Paraguay auf dieser schnurgeraden Straße, sondern in meinem geliebten Mexiko mit seinen Pyramiden, seinen Ruinenfeldern, den kleinen Ranchos entlang der Gebirgsstraßen, den heißen, einsamen Stränden und den vielen Frauenschicksalen, die ich von meiner Sozialarbeit in San Juan Toltepec her kannte.

Auf einmal kam unter den Leuten im Bus Bewegung auf. Man hatte in weiter Ferne zwei Lichter entdeckt, die tatsächlich näher kamen. Wie sich beim Herankommen herausstellte, waren es die Frontscheinwerfer eines Lastzugs. Er musste halten, weil es kein Vorbeikommen gab, da der Bus quer auf der Straße stand, mit dem Hinterteil im Schlamm. Der Lastzug koppelte seinen Hänger ab und ließ sich vor unseren Bus spannen. Alle mussten aussteigen, denn es bestand die Gefahr, dass der Bus beim Herausziehen umkippte. Wir beobachteten das Schauspiel und begleiteten die Aktion mit tausend guten Wünschen. Tatsächlich, das Unternehmen gelang! Unser Bus stand nun in entgegengesetzter Fahrtrichtung, und die ganze Fahrbahn war mit frischer Erde verschmiert.

Nach und nach nahmen wir wieder unsere Plätze ein, und die Fahrt zurück konnte angetreten werden. Ich hatte das Empfinden, dass die Zeit schneller verging. Wir erreichten die Tankstelle in der Einöde, und siehe da!, das Restaurant war noch hell erleuchtet. Der Ehemann mitsamt Busfahrer stürzten in die Gaststätte... – und kamen ohne Frau wieder zurück. Neugierig warteten wir auf eine Erklärung: dass sich beispielsweise die Missis ein Taxi aus Asunción bestellt hätte und dem Bus hinterhergefahren sei. Doch konnte das sein? Sollte sie tatsächlich den Bus überholt haben, als er noch flott war? Warum hatte sie dabei kein Zeichen gegeben? Das alles waren Fragen, die von einem Normaltouristen schwer geklärt werden konnten. Jedenfalls setzte sich unser Busfahrer wieder hinter das Steuer – erneut in Richtung Iguaçú.

Von so vielen ungeklärten Ereignissen angetrieben, entsprossen meiner Phantasie weitere Gewächse, die ich mit Worten zu benennen suchte und deren geheimnisvolle Untergründe ich aufspüren wollte. Meine Hoffnung blieb, dass wir irgendwann der Missis wieder begegnen würden, vielleicht in einem der nächsten einsamen Restaurants an der Straße nach Iguaçú, vielleicht sogar mit einem Geliebten an der Hand, der sie vor dem roten Jaguar beschützen könnte. Aus heiterem Himmel, aus noch unerklärlichen Gründen war eine Frau verschwunden, und ich fragte mich, welchem Ruf sie gefolgt war.

Der Phantasie waren keine Grenzen gesetzt. Und das nicht nur bezogen auf dieses Erlebnis. Ganz andere Geschichten begannen in jener Nacht zu wachsen und sind seitdem weiter gewachsen. Hier liegen sie gesammelt vor - Geschichten, die hineingehen in die Geheimnisse Mexikos.

Der rote Jaguar mit den grünen Augen

Mit starken, braunen Händen und einem Rülpser vom Magen her, wo ihm das Frühstück mit Bohnen, scharfen Pfefferschoten und Knoblauch noch schwer zu schaffen macht, zieht er seinen Leib an den blank gegriffenen Metallstangen der Vordertür hoch. Unter dem weißen Strohhut taucht ein breites Maya-Gesicht auf mit klugen, braunen Augen unter der Hutkrempe. Das ist also Señor Saldivar, unser Führer für Chichén-Itzá. Er ist angestellt von Mayaland-Tour, einem modernen Reiseunternehmen, das heutzutage in ganz Yucatán eine Monopolstellung auf dem Gebiet Touristik innehat, sich aber aus einer alten Sklavenhalterfamilie rekrutiert.

Dem Touristen stellt sich diese Familie im Reiseprospekt in Ahnentracht mit traditionellem Bürgerflair als hilfreicher Partner in Sachen angenehmen Reisens auf der Halbinsel Yucatán dar.

Auch Señor Saldivar ist froh, weil sie ihm, als altem Kunstgeschichtler, einen Mini-Lohn - aber dennoch einen Lohn - bezahlen für seine Anstrengung, Touristen jeder Art, in vielen Sprachen - Englisch hatte er ja in der Schule gelernt und Deutsch lernt er jeden Tag besser im Umgang mit den deutschen Touristen - über das Pyramiden-Feld zu leiten, ihnen die Maya-Archäologie nahe zu bringen und dabei noch auf ihre Einzelfragen einzugehen. Er kann sie eigentlich ganz gut bei der Stange halten, ist sich aber bewusst, dass dies auf Kosten seiner Kultur geschieht, weil er sein eigentliches Anliegen - die Geschichte der Mayas an Hand ihrer großartigen Bauwerke aufleben zu lassen - nur mit Witzchen und kleinen Obszönitäten über die Sexual- und Opferrituale seines Volkes schmackhaft machen kann. Dessen ist er sich bewusst, und darüber ist er auch weniger froh.

Wie dem auch sei, jetzt lässt er sich auf alle Fälle mit einem prallen »hach« in das Buspolster der ersten Reihe fallen, um sich sogleich über die Rückenlehne nach den ihm anvertrauten Schäfchen umzusehen. »Seinem Macho-Äußeren nach«, denke ich, »hält er nach Frauen Ausschau.« Heute ist Silvester, und nicht allzu viele Touristen besetzen den Bus. Señor Saldivar lehnt sich wieder in das Polster zurück und verkündet, sozusagen zur Begrüßung, mit lauter, energischer Stimme: »Heute abend werde ich mich mit einem Liter Tequila zulaufen lassen, und dann tanze ich mit meiner Alten. Später essen wir mit der ganzen Familie zusammen etwas besonders Gutes.«

Nun folgt eine Aufzählung seiner Enkel, seiner Söhne und Töchter nebst Schwiegersöhnen und Schwiegertöchtern, mit denen er nach dem Essen auch einmal tanzen werde, und dabei erinnert er sich immer wieder neu der Namen seiner Lieben. Nicht genug des Aufzählens! All die Köstlichkeiten der yucatekischen Küche, die von Señora Saldivar heute abend aufgetragen werden, stellt er mit der ganzen Sinnlichkeit eines alternden Menschen vor, so dass ich mich schon jetzt im Bus auf das im Prospekt angekündigte offene Buffet von Mayaland-Tour im Hotel »Mayaland« nahe bei den Pyramiden freue.

Danach nickt Herr Saldivar ein, und es dauert nicht lange, bis zwei, drei tiefe Schnarchtöne, die wie Feuerwerkskracher aus dem Innern der Wahrsagerpyramide hervordonnern, ihn wieder aufschrecken und sogleich in die Runde schauen lassen. Nun gewahrt er mich über den Gang hinweg in der ersten Reihe rechts neben ihm, sieht aber sofort auf die Beine meiner jungen Nachbarin, die an diesem Tag ein gar flottes, kurzes Röckchen trägt, verweilt auch dort nicht lange, weil er sich gleich wieder an heute Abend erinnert: ja, der Tequila!

Unterdessen erreichen wir die Pyramide. Es geht alles wie am Schnürchen: das Aussteigen, das Losmarschieren, die letzten, die noch einmal zurück müssen, weil sie etwas im Bus haben liegen lassen, was sie nun dringend benötigen, und die ersten, die unbedingt eine Toilette aufsuchen müssen, und auf die man dort höflicherweise wartet.

Im heiligen Schatten der großen Pyramide Kukulcán trifft sich die Gruppe, um sich von da dem roten Jaguar mit den grünen Augen zu nähern. Er befindet sich im Innern der ältesten Pyramide, die jeweils nach 52 Jahren - gemäß dem Maya-Kalender ein Jahrhundert - von einer anderen überbaut wurde, wodurch jedesmal ein enger Schacht entstand, den die Touristen in einer langen Schlange entlang kriechen, um endlich zu der dunklen Kammer zu gelangen, wo der rote Jaguar beheimatet ist. In dem schmalen Schacht ist es muffig heiß. Es gibt wenig Sauerstoff für die vielen Besucher, und an den dunklen Steinwänden schlägt sich der warme Atem als Schwitzwasser nieder.

Nur der gewahrt das Wunder des roten Jaguars, das hunderttausend andere nicht hören und sehen können, der wahrnimmt, wie die Luft den schweren Vorhang zur Seite schiebt und das Geschehen von Jahrzehnten freigibt. Dann ziehst du dich zurück an den äußersten Rand des Erinnerns. Vor dir entfalten sich längst vergessene Bilder. Du schaust die Parade der schönen Jungfrauen aus weit entferntem Land vor dem Priester kniend, jede mit einer weißen Vanille-Blüte in der Hand. Und du erahnst in den duftenden Blüten die Stimmen jenes tropischen Nachmittags an der Golfküste, und du siehst die kleinen gelben Schmetterlinge taumeln im Todeskampf mit den heißen, stickigen Luftschwaden.

Die Augen des Jaguars geben Zeichen, Warnsignalen von Verkehrsampeln vergleichbar. Du siehst nur das Leuchten und erinnerst dich: »Jetzt ist es grün, jetzt kann ich losgehen.« Unter den vielen Schädeln, die sich über die Erde gebückt an einem Seil hochschleppen, erkennst du deine Eltern nicht mehr und suchst weiter unter den Toten, die in großer Zahl ankommen... mit verzweifelter Mühe... vergeblich. Du kannst die Blumen von Vaters Beerdigungstag erkennen, wie sie sich vom Friedhof gelöst haben und nun angeflogen kommen, mitsamt den Schleifen durch unbekannte Türen flatternd. Aber deine Eltern, wo sind sie? Wieviel ist schon in dir abgestorben, dass du sie nicht mehr erkennst? Können sie wirklich noch einmal wiedergeboren werden? Was zum Teufel kann noch einmal geboren werden? Wenn nur diese Totenschädel rundum nicht wären! Sie versperren mir die Sicht.

Die ganz alten Erinnerungen muss ich ohnehin zurücklassen. Alles fängt erst an mit jener Nacht, als die Mörder kamen - und mir das Herz stehen blieb und der Atem stockte - und ich dich anschaute, wie du so still dalagst in deinen Kissen und du dir nichts anmerken ließest, mir aus lauter Verzweiflung den silbernen Stab zeigtest, mit dem ich mich aus dem Staub machen sollte, weil ich so viel Angst hatte. »Und die Mutter?« fragte ich. Aber du befahlst mir zu gehen und keine Fragen zu stellen. Und so gehe ich noch heute, mein Bauch eine lebende Wunde, und warte auf die Stimme, die ruft: »Friede - Friede über all dein Sehnen und Plagen.« Und ich warte und höre.

Da stößt mich eine Hand, und eine laute Stimme dringt wie eine Zumutung von hinten über meinen Leib. Ich solle die Lücke zum Vordermann schließen, aufrücken, wenn ich es nicht verstanden hätte. Auch ein Deutscher, der hier in der Schlange für Ordnung sorgen muss. Ich drehe mich um, sehe nicht recht, will nicht sehen - stolpere und falle auf die Knie vor dem roten Jaguar mit den grünen Augen: »Ja, ich gebe dir die Ehre«, schreie ich. »Ich will wieder raus« - das Schwitzwasser an den kalten Wänden, die Dunkelheit, die Enge des Schachts - ausharren - und ruhig atmen - an Silvester denken - sich draußen im Freien die Schlange vor dem Eingang vorstellen, eine Schlange von Menschen, die sich über das Pyramidenfeld mindestens noch einen halben Kilometer fortsetzt und auf Einlass wartet.

Plötzlich nimmt die Dunkelheit die Gestalt von Ohren an, und ich höre eine Stimme draußen unseren lieben Señor Saldivar fragen: »Nicht wahr - die Augen des Jaguars sind aus kostbarem Jade?« Señor Saldivars Augenlider verengen sich, als wenn sie jenes Geheimnis kennen würden, an dem wir Europäer herumdeuten - Stille - ein Anschein von Weisheit - Sprache ohne Worte, Stille - sein Mund verzieht sich, und durch seine Zähne zischt er: »Sie sollen aus Taiwan stammen - sie sind aus Plexiglas.« - »Aus Taiwan?« - »Aus Plexiglas?«

In diesem Augenblick erscheint am Himmel eine Hand - die Hand eines Ertrinkenden - die zwischen ihren Fingern einen kleinen Vogelkopf zerdrückt, der ohne Protest in die Menge fällt, die draußen vor der Pyramide steht und auf Einlass wartet. Der tote Vogelkopf ist das Sühneopfer für meinen alten Schmerz: ein Zucken in der Herzgegend, Stiche wie von hunderttausend Bienen im Rücken, aber dennoch befreiend. Das Alte ist verschwunden - für immer! Ich glaube, dass etwas Neues geboren worden ist. Der kleine tote Vogel - ein Schaudern - Gänsehaut am ganzen Körper, und ich beginne zu lachen wie eine Irre: »Aus Taiwan, ganz sicher wurden die grünen Augen mit Aero México aus Taiwan eingeflogen.«

»Ja, aus Taiwan, ganz sicher - made in Taiwan«, unterstütze ich die Ironie von Señor Saldivar. Und wieder breche ich in ein Gelächter aus, wie nur Pyramiden und Berge es verstehen können.

An meinem Lachen hatte er mich erkannt, ganz hinten in der Menschenschlange - Juan Carlos - mein Freund aus dem Hochland von Anahuac, niemals hier vermutet. Er war mir nachgereist. Welch ein Zusammentreffen! »Nun weiß ich, dass ich nicht vergebens gewartet habe«, dringt seine Stimme angenehm über meine Schulter an mein Ohr.

Hand in Hand laufen wir über das Pyramidenfeld hinüber zum zeremoniellen Ballspielplatz der Mayas, als wir auf eine Menge treffen, die einen Mann vor den Richter zerrt. Die Schuld sei sein - man müsse ihm den Kopf abschlagen. Die Priester zücken auch schon das Messer aus Obsidian, das sie in der Hand halten.

»Ja«, sagt unser Führer Don Saldivar, »der Krieger, der im zeremoniellen Ballspiel gewann, musste geopfert werden. Das Haupt wurde ihm abgeschlagen, so dass das Blut nur so aus dem Halsstumpf herausspritzte wie leuchtende Schlangen, die züngeln, Flammen vergleichbar. Der Oberpriester wusch sich im Blut die Haare. Tagelang roch es abscheulich an den Opferstätten der Pyramiden.«

Don Saldivar erläuterte dies alles an Hand des Wandfrieses am Ballspielplatz, wo die Opferszene für alle, in Basalt gehauen, anschaulich dargestellt ist.

»Mota« gefällig? – am Strand von Puerto Angel

Nun hatten sie endlich die Badebucht, die ihren Wünschen entsprach, gefunden. Ihren roten VW-Käfer ließen sie oben auf der Erdstraße stehen und machten sich in der Morgensonne mit ihren Badesachen über den staubigen Abhang zum feinen Sandstrand auf den Weg. Er ging hinter ihr her und achtete sorgsam auf seine Tritte, weil er sich schon bei ähnlichen Abstiegen die Fußgelenke verstaucht hatte. Ihr machte es sichtlich Vergnügen, in dem Gemisch aus Sand und Staub zu stapfen, jedesmal ein bisschen tiefer einzusinken, um sich wieder neu daraus zu lösen. Von hier oben konnten sie sehr gut den von der Natur gestalteten Kessel einsehen, der sich nach vorn zum Meer hin öffnete und einen herrlichen Badestrand ermöglichte. Sie hörten, wie das Wasser ständig neue Wellen in die Bucht trieb. Diese verliefen sich für kurze Zeit im Sand, zeichneten in das Beige des Strandes verschiedenartigste Schattierungen, die von dem zurückweichenden Wasser alsbald wieder gelöscht wurden, bevor mit der nächsten Welle das Spiel aufs Neue begann.

Er und sie waren die einzigen - dazu noch *gringos* –, die sich mit ihren Decken am Strand ausbreiteten. Sie ließen sich die Morgensonne auf den Rücken scheinen und tankten Energie in Fülle. Mit der Zeit wurde die Sonne kräftiger, so dass die Frau beschloss, sich im Meer eine Abkühlung zu holen. Sie richtete sich auf, rückte den Badeanzug zurecht, lief über den heißen Sand ans Wasser, kühlte sich ein wenig ab und warf sich in die blaue Fläche, um mit Vergnügen nach draußen zu schwimmen. Sie erkannte ihren Begleiter am Ufer und machte sogar Anstrengungen, ihm mit den Händen ein Zeichen zu geben. Tatsächlich signalisierte er ihr zurück, dass er sie im Blick habe.

Sie schwamm noch ein Stückchen weiter dorthin, wo kleine Felsen aus dem Meer ragten und die Bucht vom offenen Meer abgrenzten. Die wollte sie erreichen und sich auf einem von ihnen ein wenig sonnen und ausruhen, bevor sie wieder zurückschwamm. Vorsichtig stieg sie am Felsen hoch, um sich nicht am scharfen Muschelgestein die Füße aufzuschneiden. Irgend jemand hatte ihr gesagt, dass das Blut der Wunde die Haie anlocken könne, und sie hatte ja noch die Strecke zum Ufer zurückzulegen. Es gelang ihr auch, heil aus dem Wasser herauszuklettern und sich unversehrt auf die Spitze des Felsens zu begeben.

Stolz saß sie auf ihrem Inselchen. Sie wusste gar nicht, wo der Mexikaner so schnell hergekommen war, der ihr aus dem Wasser immerzu die Worte »mota... mota« zurief und dabei so herausfordernd lächelte, als hätte er das größte Geheimnis der Welt zu verkaufen. Mit »mota« bezeichnet man - besonders an der mexikanischen Pazifikküste - das wie zu einem braunen Stein zusammengebackene Marihuana, das, in kleinen Stückchen abgebrochen, unter den Tabak gemischt wird.

Sie war von der Begegnung mit dem jungen Mexikaner, der sie auf ihrem Felsen aufgestöbert hatte, recht angetan. Wo er denn das »mota« habe, fragte sie. Drüben in seinem Rancho, nicht weit von hier. Sie habe doch ein Auto, um schnell rüberzufahren und einiges zu holen. Naiv und neugierig wollte sie wissen, wie das Zeug hergestellt, angepflanzt und genommen wird. Einen Rausch in diesem Umfeld von Meer, Palmen und Sonne hätte sie schon gern einmal erlebt. Sie wollte ihren Mann am Ufer um den Autoschlüssel bitten und dann mit dem jungen Mexikaner ins Rancho fahren.

Die Frau und der junge Mann schwammen gemeinsam ans Ufer. Sie stiegen aus dem Wasser. Das Gesicht des Ehemanns verfinsterte sich schon, als er die beiden nur von weitem sah. Er schaute weg. Dennoch nahm sie sich innerlich zusammen und bat ihn um den Autoschlüssel. Sie schilderte kurz, was sie vorhatte. Noch nicht zu Ende gekommen, schrie er sie wütend in feinstem Deutsch an, ob sie wohl verrückt geworden sei und nicht wisse, dass sie sich hier im tiefsten Drogenanbaugebiet Mexikos befände und sie wohl lebensmüde geworden sei, in solch einen Mafiosi-Zirkel einzudringen. Die würden nur darauf warten, seinen Volkswagen zu kassieren und von ihr jede Spur zu tilgen. Er würde es ihr strikt verbieten, das Auto zu nehmen...! Nur über seine Leiche!

Er ereiferte sich und schrie so laut, dass sich der junge Mexikaner verzog, genauso unbemerkt, wie er gekommen war. Sie begriff und dachte nach. Ihr Mann aber begann erst nach zehn Minuten sich abzuregen und griff zur Ablenkung zu seinem Buch, wie er es immer tat in solch heiklen Situationen.

Nun war es bereits Mittag, und das Thema »mota« stand weiterhin im Raum. Mittlerweile hatten sich noch einige andere an diesen einsamen Strand verirrt. Eine Gruppe Mexikaner mit Grill und Kühltaschen machte sich neben den beiden Deutschen breit. Rücksichtslos legten sie ihre Decken an die der beiden. Daraufhin verzog der Mann sich noch ein bisschen mehr ins Abseits. Die Ankömmlinge spürten überhaupt nicht, wie aufdringlich sie waren. Sie hoben die Decken auf und schüttelten den Sand ab – dem Mann natürlich auf den Bauch. Sie zündeten den Grill an und legten das Fleisch darauf; Qualm legte sich vor ihre Nasen, der ihnen den Atem nahm. Die beiden Ausländer zogen sich in den Schatten der Bergwand zurück und machten so freiwillig Platz.

Nachdem die Meute gegessen hatte, wurde geraucht. Es roch nach Canabis. Sie waren so richtig beim Hochgenuss, als oben an der Landstraße ein Patrouillewagen anhielt. Fünf Polizisten sprangen heraus, und mit schweren Stiefeln stapften sie durch den Sand über den langen Strand, sich immer ihrer Würde als Ordnungshüter bewusst. Den Sand, der sie an einem gleichmäßigen Gehen hinderte, versuchten sie zu ignorieren. Sie schafften es nur schwer, vorwärts zu kommen. Geradezu ein Bild der Lächerlichkeit bot sich den Halbnackten am Strand.

Auch die Soldaten spürten, welch albernen Auftritt sie mit ihrem Helm und den schweren Stiefeln boten. Deshalb trugen sie noch mehr Strenge und Würde zur Schau, und das wiederum führte dazu, dass sie noch öfter ausrutschten und umknickten. Dem Ausländer war ziemlich schnell klar, was sich nun abspielen würde. Aber seine Frau hatte noch immer nichts begriffen. Es wurde ganz still. Das Militär umzingelte die Gruppe der jungen Männer, durchsuchte ihre Taschen und Kleider. Alles wurde durcheinander gewirbelt, und tatsächlich wurden die Soldaten fündig. Was folgte, war wie im Film. Sie führten die jungen Leute mit den Händen auf dem Rücken ab. Es war äußerst interessant und gleichzeitig ein wenig erheiternd zu beobachten, wie die Soldaten Macht über die barfüßigen, halbnackten Mexikaner bekamen.

Oben an der Straße angekommen, wurden die Festgenommenen in den Patrouillewagen eingesperrt, und die Militärs kamen zurück zum Strand. Nanu?... Die Soldaten zogen die Schuhe aus und legten sich neben die beiden Ausländer in den Sand. Es sah so aus, als wollten sie Siesta machen. Sie hatten die gerade Festgenommenen eingelocht, und nach getaner Arbeit machten sie es sich bequem, nahmen das soeben erbeutete »mota«, reichten es herum, tranken das restliche Bier dazu und verspeisten das Fleisch. Danach lagen sie wie erschlagen im Sand und schliefen ihren Rausch aus.

Die Frau aber lag auf der Decke neben ihrem schweigsam gewordenen Mann, konnte aber keine Ruhe finden nach all dem, was sie an diesem Tag erlebt hatte. Es war ihr noch nie so bewusst geworden wie heute, wie sehr Recht und Unrecht in dieser Welt mit Macht und Ohnmacht verknüpft sind.

Karwoche bei den Coras

Mit brennender Zigarette im rechten Mundwinkel füllte er noch schnell Treibstoff in den Tank der einmotorigen Flugmaschine vor ihrem Start zu dem Indianerdorf »Jesus-María«, er: Capitán Navarro aus Chihuahua. »Gleich fliegen wir alle in die Luft mitsamt dem Capitán Navarro!« dachte sie. Ihr Mann aber beruhigte sie in ihrer Angst und erinnerte daran, dass sie froh sein müssten, weil der Capitán noch vor Mittag die Sierra hinter Chihuahua mit ihren gefährlichen Aufwinden überqueren wollte, um sie auf der staubigen Hochfläche abzusetzen, die den einmotorigen Flugzeugen als Landefläche diente. Sonst gab es nur noch einen schmalen beschwerlichen Gebirgsweg durch die Sierra zu diesem verlorenen Kaff, das dennoch weit und breit der wichtigste Marktflecken war.

Der Capitán setzte sie heil auf dem Hochplateau der Sierra Madre Oriental ab und beteuerte auch den drei Touristen aus Europa, dass er sie in einer Woche - sprich Osterdienstag - wieder abholen würde. In der Semana Santa, der Karwoche, kamen einige Touristen angereist, die die Cora-Indianer beim Zelebrieren ihrer Osterrituale erleben wollten. Es gab für sie keinen einigermaßen bequemen Weg zurück nach Chihuahua außer mit dem einmotorigen Flugzeug, das dem Capitán Navarro gehörte und das er selbst flog, wenn er nicht gerade so betrunken war, dass er nicht mehr ins Flugzeug steigen konnte. Dann flog er eben nicht, und die Touristen mussten bei den Coras warten, bis der Capitán wieder nüchtern war. Das heißt nicht, dass der Capitán nicht auch im angetrunkenen Zustand flog und hin und wieder über dem Steuerknüppel einschlief. So war es auch bei diesem Flug. Doch die Touristin aus Europa merkte das sofort und fing dann an von den emanzipierten europäischen Frauen zu plaudern, die es ihren Männern ganz schön schwer machten, weil sie alle Hausarbeit, wie Hemden waschen und bügeln, Beafsteak braten und den Fußboden aufwischen, den Männern überließen, während sie in ihren Miniröckchen auf dem Sofa säßen, mit Zigaretten in den Mundwinkeln faulenzten und obendrein die Männer kommandierten. Da wurde der Capitán wieder hellwach, spitzte die Ohren und war heilfroh, dass er seine Alte hatte, bei der ihm so etwas nicht passieren konnte.

Wie gesagt, der Capitán ließ die Touristen auf der staubigen Piste aus dem Flugzeug. Nun standen sie da mit ihren Kameras und dem Schlafsack und ohne Sprachkenntnisse, weil die Coras kein Spanisch verstanden. Die Ankömmlinge trotteten zu der kleinen Ansammlung von Häusern und nahmen an der Straßenseite immer wieder Steinhäufchen wahr, die mit Federn besteckt und von Flaumfedern umkränzt waren. Schon bald war den Besuchern klar, dass dies magische Zeichen waren, die im Verlauf der Fiesta eine Bedeutung bekamen. Die Coras waren bekannt für ihren Widerstand gegen jede Form westlicher Zivilisation; das zeigte sich auch daran, dass sie nicht Spanisch lernen wollten und wollen - bis zum heutigen Tag nicht. An den Osterfeiertagen musste jemand - meistens der Lehrer, der von der mexikanischen Regierung im Nachbardorf eingesetzt wurde, um den Kindern Spanisch beizubringen - kommen und mit den Touristen verhandeln, die in der Karwoche von den Kaziken anscheinend doch erwartet wurden. Fotoapparate waren den Coras allerdings verhasst. Gegen die wehrten sie sich mit Gewalt. So wenigstens hatte dies eine Kollegin mit blauen Flecken am Leib im vergangenen Jahr dokumentiert.

Die Touristen kamen sich in dem staubigen Dorf ziemlich verloren vor und schauten sich die einfachen Adobe-Hütten an mit den kleinen Viehställen. Sie suchten eine Schlafstatt, einen Platz, wo sie den Schlafsack ausbreiten konnten. Bald entdeckten sie einen ausgedienten Stall, und die Señora war mit dem Geld zufrieden, das man ihr anbot. Es war ein ehemaliger Ziegenstall ohne Fenster und mit einer Türöffnung ohne

Tür. Die Fremden legten ihre Schlafsäcke vertrauensvoll hin und machten sich mit den Kameras wieder auf den Weg in Richtung Dorfmitte. Die Sonne schien intensiv auf die kahle Hochebene, es herrschte ein klarer, kalter Wind, der die letzte Feuchtigkeit von den Lippen nahm.

Die Besucher waren kaum einige Meter vorangekommen, als sie von einem Cora, der Polizeifunktion hatte, angesprochen wurden. Er deutete auf die Kameras und zeigte mit einem Prügel auf ein Zelt auf einer kleinen Anhöhe, wohin sie folgen sollten. Die Touristen zogen hinter dem Polizisten den Berg hinauf und traten mit ihm in das dunkle Zelt ein. Er stieß dreimal mit seinem Stock auf die Erde, damit man ihm Einlass gewähre. Im Zelt saßen vier Kaziken auf kunstvoll mit Holzrinde geflochtenen Stühlen. Die Sitzflächen waren mit Wildleder bespannt. Die Kaziken erhoben sich, als die Touristen eintraten und gaben ihnen zu verstehen, sich gegenüber auf einen Baumstamm zu setzen. So saßen die Besucher nun da wie zum Verhör. Es war sehr still im Zelt, man hörte das leise Tuscheln der Einheimischen und war aufs Äußerste gespannt. Die einzige Frau unter allen Anwesenden bekam Angst.

Nach langem Hin und Her deutete einer der vier Kaziken mit unmissverständlichen Gebärden an, dass sie die Kameras in die Zeltmitte bringen und dort ablegen sollten. Der Dolmetscher ergänzte, dass die Fotoapparate dort über die Feiertage bleiben müssten.

Dies gefiel den Touristen überhaupt nicht, weil sie wussten, dass die Fiesta der Coras am Ostermontag mit einem schlimmen Besäufnis endete, und – so ehrlich die Eingeborenen auch waren – so unmöglich wäre es für die Europäer gewesen, dann in das Zelt zu gelangen, um die Kameras herauszuholen. So fingen auch die Touristen an, untereinander zu tuscheln und sich Pläne auszudenken, um ihre Kameras behalten zu können. Auf keinen Fall aber wollten sie mit den Coras in Streitigkeiten verwickelt werden, sie waren ja an deren Ritualen interessiert und wollten so gut wie möglich daran teilnehmen und ihre Gastgeber nicht verärgern.

Es war bekannt, dass sich die Coras an Karfreitag und Ostern Tiermasken über den Kopf stülpten, die sie vorher aus Pappmaché angefertigt und bunt angemalt hatten.

So gab es rosarote Schweinsköpfe, gelbe Tigermasken, schwarze Vogelköpfe mit langen, gelben Schnäbeln, die sie sich unten am Fluss am frühen Ostermorgen überzogen und damit - ansonsten nackt, nur mit schwarzer Farbe aus Ruß und Honig die Rippen nachgezeichnet - auf dem Dorfplatz orgiastische Tänze aufführten.

Dazu schlugen sie wild die Trommel. Das gegenseitige Anmalen war Männerarbeit und geschah ebenfalls am Fluss. Die Coras konnten es nicht vertragen, wenn die Touristen dabei zuschauten. Dann wurden sie sehr böse und schlugen auf die Fremden ein, wenn diese sich erdreisteten, einen Blick zu erhaschen.

Um wenigstens die Anmalzeremonie von weitem fotografisch verfolgen zu können, brauchten die Fremden ihre Kameras mit den Zoomobjektiven. Das war es nun, was sie im dunklen Zelt der Coras bereden mussten. Im Grunde hatten sie ja nichts dagegen, diese Apparate abzugeben. Besonders die Frau war auf ihren Reisen gegen diesen technischen »Ballast« gewesen, weil sie den direkten Kontakt mit den Menschen und der Landschaft bevorzugte und auch schon oft an einer einsamen Stelle gemalt hatte anstatt zu fotografieren.

Das Gespräch wurde jäh unterbrochen durch das dreimalige Aufstoßen des Zeremonienstabes des obersten Alkalde.

Der Übersetzer trat hervor und sagte ihnen in schlechtem Spanisch, dass sie die Kameras im Zelt lassen müssten. »Kein Pardon«, dachten die Touristen, »wir müssen sie überlisten!« Da trat Hans - ein Blonder aus Hamburg - hervor und erdreistete sich, zu dem Indianer, der Spanisch sprach, zu gehen und ihm zu erklären, dass man etwas über den Auslöser kleben wolle, damit das Fotografieren nicht möglich wäre. Bis dieses Anliegen von den Kaziken verstanden wurde, verging geraume Zeit: »Aha, Resistol« - ein mexikanisches Klebemittel - ja das wäre gut - aber auch ein Klebepflaster für Wunden würde hier Abhilfe schaffen.

Der dolmetschende Cora machte den anderen die Angelegenheit mit dem Klebeband klar. Es dauerte eine Weile, bis die Touristen in den Gesichtern wahrnehmen konnten, dass der Vorschlag verstanden wurde. Man nickte und brummelte etwas Unverständliches. Dann wurde dreimal mit dem Zeremonienstab auf die Erde gepocht. Das bedeutete, dass man wieder in der Mitte zusammenkommen sollte. Das Einverständnis wurde übermittelt. Dann aber erhob sich das Problem, dass niemand Klebeband hatte und auch im ganzen Dorf - Jesus María! - nicht auffindbar war.

Nun tuschelten beide Parteien von Neuem: hier die Touristen und drüben die Kaziken. Es war offensichtlich schwierig, eine Lösung zu finden. Wieder übernahm der Hamburger die Führung. Er machte den Coras den Vorschlag, dass sie die Kameras im Reisegepäck lassen würden, da sie ja die Idee vom Fotografieren aufgegeben hätten. Darauf gäben sie ihr Ehrenwort! Die Kaziken kamen überein, dass sie dem Ehrenwort der Touristen zustimmten. Die traten auf die Indianer zu und reichten ihnen die Hand.

Man war guter Dinge, als man aus dem Zelt hinaustrat. Die Fiesta konnte beginnen. Erleichtert gingen die Männer in ihre Adobe-Unterkunft und versteckten die Kameras im hintersten Winkel der Hütte. Nun waren sie endlich frei, die Tänze und Rituale unmittelbar mitzuerleben, ohne ständig vor feindlichen Attacken auf der Hut sein zu müssen.

Man konnte sich mitten unter die tanzenden Coras mischen, mit ihnen unter wilden Trommelschlägen wie verrückt durch das Dorf rasen und Seite an Seite um die kleinen Steinhaufen mit dem Federornat sitzen und meditieren.

In anderen Straßen lagen anstatt Steinen Berge von Eiern. Am Ostersonntag wurden diese ausgeblasen und in großen Pfannen über offenem Feuer auf der Straße Eier gebraten und verzehrt. Die behutsam ausgeblasenen Eierschalen wurden auf langen Fäden zu Ketten aufgereiht. Diese sollten am nächsten Tag um einen Auserwählten geschlungen werden, so dass die ganze Person wie in einem Eieranzug erschien. Diese Person wurde dann rückwärts auf einen Esel gesetzt und mit lauten Rufen und Anfeuerungen durch die Dorfstraßen gehetzt. Rechts und links neben dem Tier liefen die schwarzen Gerippe mit ihren bunten Tiermasken über dem Kopf, schrien laut und schlugen die Trommel.

Genau das war der Moment, als es der einzigen Frau unter den Touristen, die bisher immer Gegnerin des Fotografierens gewesen war, durch den Kopf schoss, diese fremde Vielfalt in ihrem farbigen Treiben mit einem Schnappschuss festzuhalten.

Sie dachte an die Filmkamera im Reisegepäck in der Adobe-Hütte und erinnerte sich an das gegebene Ehrenwort im Zelt. Herzklopfen machte sich in ihrer Brust bemerkbar. Es war ihr überhaupt nicht recht, wie ihr Körper reagierte, nachdem sie gerade im Kopf beschlossen hatte, diesem magischen Getue mit einem Schnappschuss ein Ende zu setzen. Schließlich war sie ja Europäerin und hatte die sogenannte Aufklärung schon längst hinter sich. Nun sollte sie sich in diesem Dorf von all dem Zauber gefangen nehmen lassen und nicht mehr klar handeln dürfen?

Rebellion stieg in ihr auf. Die Entscheidung war gefallen. Sie lief in ihre Hütte geradewegs zum Reisegepäck unter dem Schlafsack.

Hektisch zerrte sie die Filmkamera heraus. »Das müsste doch mit dem Teufel zugehen, wenn es mir nicht gelänge, wenigstens einige Szenen wie dieses Eier-Ritual mit der Kamera festzuhalten«, sprach sie zu sich selbst. Sie beseitigte ihre Gewissensbisse mit der Haltung einer intelligenten Frau, die sich mit aufgeklärtem Geist über die magischen Praktiken stellte, lockerte einen Adobe-Stein in Augenhöhe aus dem Mauerverbund und richtete die Kamera durch das entstandene Loch nach draußen. Nun hatte sie das ganze Panorama in wunderbaren Farben vor ihrem Auge.

Sollte sie auslösen? Es gab einen kurzen Moment des Zögerns, dann waren alle Bedenken besiegt, und sie drückte ab. Sie dachte nur noch an die unbeschreibliche Freude, die sie haben würde, wenn sie dieses Erlebnis an einem Winterabend in Deutschland nachempfinden könnte. Sie bemühte sich, mit dem Zoom die braun gegerbten Gesichter der Coras mit ihrem Kopfschmuck noch näher heranzuholen. Die Prozession war gerade vor ihrer Hütte angekommen, und sie konnte verdammt gut fotografieren. Urplötzlich überfiel sie die Furcht – weil sie alles so nah vor ihrem Auge hatte –, dass man das Kamera-Auge von außen sehen könnte. Doch sie drückte wieder und wieder auf den Auslöser und fotografierte so lange, bis sich die Coras anschickten, weiterzuziehen. Sie versteckte die Kamera unter dem Schlafsack und gesellte sich draußen unauffällig unter die Menschen, die gar nicht wahrgenommen hatten, dass sie weggegangen war.

Sie waren schon längst wieder daheim in Deutschland, als sich herausstellte, dass alle Filme aus Mexiko gut entwickelt worden waren. Nur der Streifen mit den Fotos von der Eierprozession der Coras war total schwarz.

Als Don Alfonso mit dem Pferd über den Küchenherd sprang

für Yolanda

Don Alfonso ist ein echter »Criollo«. Das heißt, dass sich in seiner Person nicht nur das indianische mit dem spanischen Erbe vereint, sondern dass jeder noch heute in Don Alfonso seine arabische Herkunft mütterlicherseits spürt: das Dunkle und Geheimnisvolle, das die arabischen Heeresführer zum Vorschein brachten, wenn sie eine spanische Stadt - damals vor Cids Zeiten - eroberten, und einen Stolz, der sich in keiner Lebenslage beugt, geschweige denn, sich etwas befehlen lässt.

Wenn Don Alfonso auf dem Pferd sitzt und durch die staubigen Dorfstraßen galoppiert, so dass hinter ihm eine einzige Staubwolke zurückbleibt, dann munkeln die Leute, dass bestimmt der Teufel mit ihm unterwegs sei. Ihn kümmert es einen Dreck, ob die Hunde, die Katzen, die Frauen mit ihren Babies im »Rebozo« auf dem Rücken sich vor ihm retten müssen, wenn er voller Wut angebraust kommt.

Es macht ihm auch nichts aus, rein gar nichts, wenn er mit seinen eigenen Kindern am Samstagnachmittag, oder wenn es ihm einfach so in den Sinn kommt, ausreitet und Rosalina - seine Frau - zornig hinter ihm herblickt, weil er die Kinder immer dann abholt, wenn sie diese gerade gebadet und ihnen saubere Kleider angezogen und Schleifchen in die Zöpfe geflochten hat. Rosalina gibt sich da sehr viel Mühe, weil sie den Augenblick liebt, wo ihre drei Kinder einmal so richtig schön aussehen wie die Kinder der Reichen. Ihr heimlicher Stolz!, den sie sich dann auch eingesteht. Sonst aber sind sie eine Plage, diese Kinder, wenn sie barfuß im Dreck herumkrabbeln. Für Rosalina bedeuten die Kinder nur Verzicht.

Hinzu kommt, dass sie die Sorge für die Kinder allein trägt, seitdem sie weiß – und Don Alfonso es ihr im Zorn ins Gesicht geschrien hat, dass er im Nachbardorf eine andere hübschere und viel klügere Frau habe und er fortan all sein Geld, wenn er überhaupt etwas übrig habe, dort hintrage.

Alicia, die älteste Tochter, ist schlank, eher dürr und schaut mit ihren dunklen, runden Augen ängstlich ins Leere. Sie hat sich schon an die Schelte ihrer Mutter gewöhnt, wenn sie ihren Pflichten als Älteste nicht nachkommen kann, weil die beiden Kleineren immer Widerstand gegen ihre Anweisungen einlegen und nicht folgen, im Gegenteil, es darauf anlegen, sie bei der Mutter reinzulegen, weil sie neidisch auf ihre große Schwester sind.

So hat Alicia jeden Tag von Neuem ihre liebe Not, die Kleinen davon abzuhalten, nicht unter der frisch aufgespannten Wäsche hin- und herzurennen, die nur von zwei eingekerbten Pfosten gehalten wird, die jeden Augenblick umfallen können, so dass dann die gesamte Wäsche auf der Leine in den im Sommer vom Regen schlammigen und im Winter staubigen Hof fällt. Wie oft schon war es geschehen, dass ein Pfosten umfiel und die ganze Wäsche samt Leine in den Dreck riss, nur weil so ein kleiner Wicht sich unter der Wäsche durchmogelte oder sich sogar voller Lust in die großen Betttücher auf der Leine einwickelte. Dann musste Rosalina alle Wäschestücke noch einmal waschen.

Früher, in ihrem Dorf, gab es keine Wäscheleine wie hier. Die Frauen warfen die Wäschestücke zum Trocknen auf die Kakteen und Opuntien. Das war auf jeden Fall besser, weil die stacheligen Pflanzen die Kinder vom Spielen fernhielten. Wenn es wieder einmal geschah, dass die ganze Wäsche in den dreckigen Hof fiel, dann wünschte sich Rosalina zurück in ihr Dorf. Dann vergaß sie auch die Hiebe ihrer Mutter, die nicht zimperlich gewesen war. Das letzte Mal hatte sie von ihrer Mutter Prügel bezogen, als sie nach Hause lief, weil Don Alfonso sie geschlagen hatte. Sie solle sich auf keinen Fall noch einmal einfallen lassen, heimzulaufen, sie hätten selbst genug Sorgen und Esser am Tisch. Also hat Rosalina es bis heute bei Don Alfonso ausgehalten.

Man kann verstehen, dass all diese Gedanken in Rosalina den Wunsch und den Stolz wecken, ihre Kinder in sauberen Kleidern vor sich zu sehen, und dass sie den Moment verflucht, in dem Don Alfonso wieder einmal kommt und die Kinder auf dem Pferd mitnimmt. Das Unglück will es, dass gerade heute Don Alfonso in den Hof hereingaloppiert, um mit den Kindern aufs Feld zu reiten. Er setzt die zwei sauber gekleideten Mädchen hinten auf sein Pferd, den Jungen nimmt er vorn zu sich. Dann galoppiert er die erdigen Feldwege zur Ebene hinaus. Eine Staubwolke begleitet sie und ebenso der giftige Blick Rosalinas, genährt von der Angst um ihre Kinder, denn Don Alfonso ist betrunken. »Tomado«, ja das hat sie sogleich bemerkt, und außerdem steigt erneut der Widerwille vor dem Kleiderwaschen in ihr auf, das ansteht, sobald die Kinder zurückkommen. Wenn Don Alfonso getrunken hat, ist er noch waghalsiger als sonst. »Hoffentlich stürzt keines der Kinder ab«, denkt sie, »um ihn ist es wirklich nicht schade«, und geht in die große Küche zurück.

Die Küche, wie alle Küchen in ihrem Dorf, hat als Zentrum den aus Lehm gemauerten Herd, in dem fast immer ein offenes Feuer brennt und auf dem täglich die »Mole« – eine braune, pfefferscharfe Schokoladensauce – brutzelt, die besser wird, je länger sie auf dem Herd steht. Über den Flammen liegt ein Eisenrost, durch den diese hindurchzüngeln können, wenn nicht gerade ein Topf auf dem Metallgitter ihre Freiheit einschränkt.

Rosalina richtet das Abendessen, mahlt den Mais für die Tortillas. Dann kniet sie sich auf den Boden, und ihre flinken Hände kneten das Mehl mit dem gestoßenen Kalk und dem Wasser zu einem Teig. Den lässt sie zum Ruhen einige Zeit in der *metate* am Boden und fegt währenddessen den fest gestampften Lehmboden der Küche mit einem Besen aus und befördert allen Dreck in den Hof. Dann geht sie zu ihrem Tortilla-Teig zurück, betupft ihn zart und pflückt mit ihren feinen Fingern kleine Kügelchen davon ab, die sie lange in den Handflächen hin- und herklatscht, bis hauchdünne, kreisrunde Maisfladen entstehen, die mit dem Hinüber- und Herüberwerfen von der einen Hand zur anderen immer größer werden und mächtig über ihre Handteller hinausragen. Vorsichtig legt sie diese aus ihren Händen auf den *Comal*.

Dann schürt sie das Feuer im Herd und fängt an, die Tortillas auf dem *Comal* zu backen. Zuerst gehen sie auf wie ein Fußball und fallen dann wieder zusammen zu hauchfeinen Crêpes. So sind sie richtig und werden auf dem Herdrand gestapelt, mindestens einen Viertel Meter hoch. Rosalina ernährt eine große Familie, und sie rechnet ungefähr sechs Tortillas für jeden. Für alle muss gesorgt werden, obwohl ihr die betagte Schwiegermutter - Doña Eulalia - in allem noch tüchtig zur Hand geht. Sie ist auch die einzige, auf die Don Alfonso hört, wenn er betrunken ist, und in seinem Rauschzustand so manches riskiert. Doña Eulalia hat Macht über ihn und keiner weiß, warum er ihr gehorcht.

Als die Familie um das Feuer sitzt, geht plötzlich die Tür auf, und die Kinder kommen fröhlich hereingerannt. Vom Vater fehlt jede Spur. Doch das ist Rosalina auch nicht wichtig. Sie schaut ihre drei Kinder prüfend an, und diese sind - unglaublich festzustellen - noch makellos sauber. Sie genießt den Anblick der drei und freut sich innerlich, dass nichts passiert ist und sie die Kinder wieder heil zu Hause hat, bevor die Nacht kommt. Es wird auch nicht gefragt, wo Don Alfonso sein könnte.

Als es dunkel wird, kommen alle zur Küche, nehmen sich von dem Stapel Tortillas, rollen sie mit etwas *Mole* in der Mitte zu sogenannten Flöten und verspeisen sie mit Genuss. In der Küche gibt es kein Licht außer den Flammen des großen Herdes in der Mitte. Sie sitzen friedlich beisammen, schauen in das Feuer der Herdstelle, sind mit dem Kauen beschäftigt.

Da wird urgewaltig die Tür von außen aufgestoßen und herein stürmt hoch zu Ross Don Alfonso. Alle stieben auseinander wie zuvor die Menschen auf der Straße. Don Alfonso treibt sein Pferd zum Sprung über das Herdfeuer an. Das Flammenspiel aus Licht und Dunkelheit in der Mitte des Raumes lässt die Umrisse des Mannes auf dem Pferd über die dunklen Adobewände der Hütte flackern. Inmitten der unheimlich lodernden Flammen steht ein mächtiger Schatten, der der Leibhaftige selbst zu sein scheint. »Dios mío«, schreit die Großmutter, und die Kinder wagen vor Schreck nicht, den Mund aufzutun. Rosalina hält ein Stoßgebet zwischen den Lippen zurück. Es ist wie in der Hölle. Don Alfonso schreit aus Leibeskräften und feuert sein Pferd noch einmal zum Sprung an.

Da tritt Doña Eulalia - die Großmutter - beherzt hervor und stellt ihre gebrechliche Stimme gegen die Schreie von Don Alfonso: dass er sich sofort nach draußen begeben solle, aber sofort, auf der Stelle! Und hier solle er nicht mehr erscheinen, ihretwegen könne er zur Hölle reiten, wo er auch hingehöre.

Tatsächlich steht sie da in ihrer ganzen Größe, verstellt ihm den Platz und ergreift sogar die Zügel des Pferdes. Don Alfonso hat verstanden! Er wendet sein Pferd, trabt nach draußen und war von diesem Moment an nie mehr zu sehen, weder für Rosalina, noch für Doña Eulalia, noch für die Kinder.

Der Hase im Mond

Finsternis herrschte auf der Erde, alles war in Dunkelheit gehüllt. Ein schwerer Schleier war über den Abgrund ausgebreitet. Unter dem undurchsichtigen, schwarzen Nebel lag still die alte Nachtschlange und wachte darüber, dass sich auch nicht ein einziger kleiner Lichtstrahl auf die Erde verirrte, der das Ungleichgewicht aus Dunkelheit, Schweigen und Macht hätte gefährden können. Jeder wusste, dass der Sonnenadler der ärgste Feind der Schlange war und das Mondkaninchen ihr unterwürfigster Vasall. Die Götter, die auch die meiste Zeit schliefen, - mehr aus Kummer und Sorge als aus Bedürfnis - klagten, wenn sie einmal wach wurden, über ihre Not, dass nicht wenigstens ein einziges Licht den Himmel ziere und dass die Dummheit des Mondkaninchens den Mond, seine leibliche Mutter, daran hindere, wenigstens der Nacht sein Licht zu leihen. Die Schlange hatte es von seiner Mutter weg gelockt mit dem Versprechen, ihm mit dem Bösen und der Dunkelheit Macht über alles Lebendige zu geben. Das Mondkaninchen hatte daraufhin prompt seine Mutter verlassen, um der listigen Schlange für immer ergeben zu dienen.

Die giftige Natter hielt das Mondkaninchen in der Erde verborgen, da der Sonnenadler - ihr ärgster Feind - es retten wollte und nur eine günstige Gelegenheit suchte, es seiner Mutter zurückzubringen, damit es mit ihr zusammen wenigstens die Nacht erhelle. Der machthungrige Adler sonnte sich in dem Gefühl, wie herrlich es wäre, wenn er einmal im Mittelpunkt des Universums als Sonne von Erde und Mond umkreist würde. Derartige Zukunftsträume aber wagten die Götter überhaupt nicht mehr zu träumen.

Ihre Trauer war unmäßig groß. Sie klagten und weinten, schlugen sich verzweifelt an die Brust, weil ihnen nun schon das vierte Mal die gesamte Schöpfung verloren gegangen war und nur kraft ihrer List und Opferbereitschaft wieder erschaffen werden konnte. So beschlossen sie oben in Teotihuacan zu wachen und zu fasten und sich weiterhin an die Brust zu schlagen, damit sich das kosmische Gleichgewicht zu Ungunsten der Erdschlange verschiebe und irgendwann einmal ihre Macht zerbreche, die Finsternis aufreiße, Licht und Dämmerung einströme, Pflanzen gedeihen möchten und das Land wieder grün werde von Moos, Gras und Bäumen. Diese Hoffnung war den Göttern geblieben trotz ihres Schmerzes.

Zum ersten Mal war die Erde vom Regengott zerstört worden. Er hatte die Welt zunächst sehr schön erschaffen, ganz in blau. Wind trieb das Wasser in seine Bahnen. Aber dann geriet der Regengott mit der Erdschlange in heftigen Streit, dabei wurde er so wütend, dass er es Tag und Nacht regnen ließ, bis auch die tiefsten Schluchten mit Wasser voll liefen und die höchsten Bergspitzen im Meer versanken. Damals wurden alle Wesen auf Erden zu Fischen, damit sie überleben konnten. Noch heute finden wir die Fische im Wasser.

Im zweiten Schöpfungsgeschehen brach das Feuer die Erde auf. Endlich gab es Licht auf der Erde. Die Vulkane spien Feuer an den Himmel und Berge entstanden. Doch der Feuerregen war nur von kurzer Dauer, er fiel auf die Erde zurück und erlosch. Die Götter aber hätten zu gerne ein großes Licht am Himmel aufgehängt. So veranstalteten sie unter den Tigern einen Wettkampf. Diese sollten über das Feuer springen - möglichst hoch - und dabei einen Batzen Feuersglut hoch oben am Himmel festmachen. Immer von Neuem fiel jedoch die Glut herunter. So sehr sich die guten Tiere auch bemühten, es geschah nichts, nur dass das Feuer schwarze Flecken in das Fell der Raubtiere brannte. Seit dieser Zeit gibt es die Jaguare als eine besondere Gattung: die mit den schwarzen Punkten. Am Ende wurden die Panther sehr böse aufeinander und fraßen sich gegenseitig auf. Nichts mehr blieb auf der Erde zurück, weil sie in ihrer Fressgier alle anderen Tiere und Pflanzen ausgerottet hatten.

In der darauffolgenden dritten Erderschaffung wurde das Feuer vom Feuergott so heftig geschürt, dass die Erde an allen Enden zu brennen begann. Die Flammen schlugen bis zum Himmel empor und waren doch nur Irrlichter, die alles zerstörten, was in ihre Nähe kam. Nur die Vögel überlebten, denn sie konnten über die Flammen hinweg in den Himmel fliegen.

Die vierte Schöpfung der Erde wurde vom Windgott angeregt. Er blies aus allen Löchern auf den Globus und fand einen großen Gefallen daran, dass sich die Windkraft in Wirbelstürmen und Sturmböen ballte und die ganze Erde verwüstete. Die Menschen verwandelten sich in Affen, um sich an den Bäumen festhalten zu können. Manche davon gibt es heute noch in den Wäldern.

Die fünfte Erde ist die, auf der wir jetzt leben. Sie wurde geschaffen durch Erregung, Beben und Zittern. Es ist die Schöpfung, die durch Begegnung geschieht. Die alten Azteken beschreiben sie mit dem Zeichen »OLIN«, das einem Andreaskreuz sehr ähnelt. Zwei diagonale Linien treffen sich in einem Mittelpunkt voll Spannung und gehen wieder auseinander. Zwei parallel laufende Linien hingegen enden in Einsamkeit, Tod oder Langweile.

Die Begegnung ist gekennzeichnet von der Dynamik der Ankunft von etwas Neuem.

Der Sonnenadler wartete geradezu auf die Ankunft neuen Erlebens, ja danach hatte er sich zeitlebens gesehnt und war auch willens, Opfer zu bringen. Die Schlange jedoch hatte Angst vor der Begegnung, sie verharrte in ihrer Schlangenstarre und hütete ihre Macht.

Die Götter beratschlagten, wie sie der Schlange die Macht entreißen könnten. Sie fasteten, taten Buße und bestäubten sich das Haar mit schwarzer Erde. Sie sammelten Holz für ein großes Sühnefeuer. Sie waren bereit, alles zu tun, um am Himmel zwei Lichter zu erschaffen, eins für den Tag und eins für die Nacht. Sie scheuten nicht das große Opfer und wollten lieber sterben, als in Dunkelheit und unter der Macht der Schlange weiterzuleben. Sie setzten sich in Teotihuacan zusammen und beratschlagten, wer als erster in das Sühnefeuer springen sollte, damit die innere Liebesglut in ein kosmisches Feuer transzendiert werde. Es dauerte nicht lange, da meldete sich der Sonnenadler und erklärte sich bereit, in den brennenden Holzstoß zu fliegen, um als Licht am Himmel zu erscheinen.

Nun sollte noch ein zweiter ausgesucht werden, der sich für das Licht am Nachthimmel opferte. Das Los fiel auf den hässlichen Herrn der Schnecken, den unansehnlichsten und schleimigsten aller Götter.

Der Sonnenadler stürzte sich, ohne zu zögern in die Flammen, und alsbald erschien am Himmel ein schönes, strahlendes Licht für den Tag: die Sonne. Im Gegensatz dazu zögerte der Herr der Schnecken; er trippelte zum Feuer, wich zurück, ging wieder vor und umkreiste mehrmals die Feuerstelle wie ein Erpel seine Frau, wenn er sie umwarb. Er wollte und wollte nicht springen.

Da wurden die Götter zornig, und holten das Mondkaninchen aus seinem Versteck. Da es ja Tag geworden war, hatte es keinen Schutz mehr in der grellen Sonne. Sie zogen es an den langen Ohren herbei und schlugen es dem Herrn der Schnecken so lange um den Kopf, bis dieser ins Feuer sprang. Mit Verspätung erschien er so am Abendhimmel. Und mitten im Mondgesicht fallen noch heute die Schatten in Form eines Mondkaninchens auf. Das waren die blauen Flecken, die von der Prügel herrührten. (Jetzt kann der Leser auch verstehen, warum man in Mexiko vom »Hasen im Mond« und nicht vom »Mann im Mond« spricht.)

Unbeweglich standen die beiden Himmelskörper am Firmament. Da sandten die Götter den kleinen Colibri zu dem schleimigen Herrn der Schnecken mit einem Auftrag. Der bückte sich nieder zum kleinen Colibri, um zu hören, was er wollte. Er müsse sich bewegen, kreisen, weil doch der gesamte Kosmos in Bewegung sei, und dadurch erst vollkommen werde. Der Herr der Schnecken spürte auf einmal, dass er nicht mehr der Ohnmächtige war. Man wollte etwas von ihm, und nun machte er seine Macht geltend. Von jetzt an wollte er Herrschaft und Blut in Form noch schlagender Menschenherzen, um in Bewegung bleiben zu können. Daraufhin begann auf der Erde das Kriegsgemetzel, damit man Gefangene bekam, denen die Priester das Herz aus der Brust entrissen als Opsfer.

Diese fünfte Sonne der Bewegung bescheint uns noch täglich, so wie sie die Azteken, die Tolteken, die Zinancanteken, die vom Usumacinta und vom Mississippi beschien.

Sie hat Krallen und ernährt sich von Menschenherzen und Macht.

Juan aus Cholula und der Totenkopf

»Du hast dich verändert, alter Freund - früher waren deine Wangen so rosig wie die der aztekischen Kriegsgötter und deine Gestalt aufrecht zum Kampf.«

So begrüßte der alte Padre San Angel seinen Jugendfreund aus Cholula. Es war nicht das Interesse am Jugendfreund, das Juan heute an dessen Klosterpforte klopfen ließ. Früher hatte er sich über den Freund, der einen guten Verstand besaß, lustig gemacht, weil er zu den »Padres« ging. Jetzt merkte er, da steckte ein Geheimnis dahinter, das ihm verborgen war. Ein schrecklicher Augenblick in seinem Leben hatte dazu geführt, dass er sich heute auf den Weg gemacht hatte hinauf zur sandigen Hochebene, auf der das Kloster von Acolman lag.

»Du hast recht, alter Glatzkopf. Was sonst sollte mich hierher führen? Ich bin krank. Die Ärzte sind mir keine Hilfe mehr. Als letzten Ausweg bin ich zu dir gekommen für den Fall, dass an deinem heiligen Unsinn etwas Wahres ist. Du hattest eine Menge Verstand, was annehmen lässt, dass du guten Grund hattest, so wild danach zu sein, auf die Freuden dieser Welt zu verzichten.«

Juans Geschichte war die, dass er vor zwei Jahren seine Frau ins Jenseits befördert hatte; sie war an den Folgen eines Schlags gestorben, den er ihr versetzt hatte, weil sie ihm wieder einmal seine Treulosigkeit vorwarf. Manchmal war er ja zu der Witwe im Nachbardorf gegangen, für die er immer eine Süßigkeit dabei hatte und die ihn mit Zärtlichkeiten und noch ein bisschen mehr entlohnte. Deshalb war heftiger Streit zwischen Juan und seiner Frau entbrannt, bei dem ihm dann schließlich die Hand ausrutschte. Die Frau war unter der

Wucht des Schlags auf die Tischkante gefallen - so unglücklich -, dass sie bald danach starb.

Doch das war noch nicht alles. Kaum lag seine Frau im Sarg, da begann Juan an heftigsten Kopfschmerzen zu leiden, genau an jenem Teil des Kopfes, an dem sie ihre tödliche Verletzung erhalten hatte. »Ihr Geist greift nach mir«, stöhnte Juan. »Ich kann nicht mehr arbeiten, habe meinen Laden verkauft und das Geld, das ich dafür bekam, haben die Ärzte verschlungen. Jetzt sagen sie, dass ich einen unheilbaren Tumor habe. Wenn Euer Hochwürden kein Heilmittel dagegen wissen, bin ich erledigt.«

Der Klostervorsteher war kein Arzt; seine große Fähigkeit lag in seinem Wissen über die alten Kraftorte der Ureinwohner des Landes und in der Kraft des Gebets. So riet er Juan, zurückzukehren nach Cholula, vor der Dämmerung aufzustehen, sich vor der Kälte zu schützen und in den Innenhof der Pyramide des mitleidsvollen Quetzalcóatl im östlichen Bezirk der alten Tempelanlage zu gehen. Dort solle er um das Viereck laufen und das Vaterunser rezitieren, damit sich seine eigene Kraft konzentriere. Er solle seinen Blick auf den Mittelpunkt des Vierecks richten und das Vaterunser mindestens tausendmal aufsagen. Die ersten Zeichen des Erfolgs seien kleine Staubwölkchen in der Mitte des Vierecks. »Wenn du dich richtig konzentrierst, werden diese Wölkchen, die dein Geist erzeugt, jeden Tag deutlicher werden, bis eines Tages in der Mitte des Vierecks eine Gestalt erscheint. Vor ihr verneige dich dreimal in großer Ehrfurcht bis auf die Erde.«

Juan aus Cholula tat, wie ihm der Jugendfreund geheißen hatte. Am fünfzehnten Tag des zweiten Monats erschien für die Dauer von drei Glockenschlägen eine strahlend weiße Gestalt, nicht größer als ein neugeborenes Kind. Juan verneigte sich dreimal vor ihr, wie der Freund geraten hatte. Dann warf er sich mit aller Inbrunst in den Staub des Pyramidenhofes und flehte das weiße Wesen um Vergebung an. Danach erhob er sich und ging fort.

Es war kaum zu glauben, aber die schrecklichen Kopfschmerzen verließen ihn zusehends. Er kam daheim an und war geheilt.

Jedesmal, wenn Allerseelen gefeiert wurde – *el día de los muertos*, der mexikanische Totentag – ging er aus tief empfundener Dankbarkeit hinaus in den östlichen Teil der Pyramide, dorthin, wo der Hof das Viereck bildete und stellte für die Tote einen Strauß gelber *Cempasuchil* genau in die Mitte. Daneben platzierte er die frisch zubereiteten Bohnen in einem irdenen Krug. Diese hatte die Tote zu ihren Lebzeiten immer so gerne gegessen. Ferner hatte er noch Totenbrot aus süßem Hefeteig mitgebracht und ein gekochtes Huhn in Schokoladensoße. Alles ordnete er auf einem weißen Leinentuch wie auf einem Altar inmitten des Vierecks an, wo ihm die Gestalt erschienen war. Auch der kleine weiße Totenschädel aus Zuckerguss mit der Inschrift ihres Namens über der Stirn durfte nach altem mexikanischen Brauch nicht fehlen. Den legte Juan zu den Blumen. Etwas weiter weg zündete er ein Riesenfeuer aus Holzscheiten an, damit die Seele der von ihm Getöteten auch in der Nacht den Weg zu diesem Ort finden konnte.

Wenn Juan dann am nächsten Tag nachschaute, war das Essen verschwunden. Der leere Krug und die Schüsselchen standen wieder an der gleichen Stelle neben den Blumen. Auch der Totenschädel mit ihrem Namen war abgeholt worden.

Die Weisheit der Schildkröte am Tortuga-Tempel in Uxmal

In allen Mythen Altmexikos stand das persönliche Opfer im Mittelpunkt. Ein rigoroses Kulturabkommen drängte das Ich auf kleinsten Raum zurück zugunsten der Gemeinschaft, die mit Ritualen das Individuum in eine größere kosmische Verbundenheit stellte. Vor allem die Azteken und die Mayas ließen ihren Leib zerstückeln und ihr Blut verströmen, damit jeden Morgen nach der Nacht die Sonne am Himmel blutrot aufsteige und die Erde in Bewegung gehalten werde. Jeden Morgen von Neuem hatten sie die Qual des Anfangs zu durchstehen, ob denn auch die Sonne nach durchstandener Nacht wiederkehre und der Tag heraufziehe.

Sie glaubten der Erfahrung nicht, dass das Licht einfach die Finsternis durchbricht, sondern waren von alters her überzeugt, dass die Sonne das Blut ihrer Opfer benötige, um in Bewegung bleiben zu können, damit sie den Kampf mit der Nacht bestehe jedes Mal von Neuem.

Die alte Schildkröte war jedoch klüger als alle Priester. Sie durchschaute deren Machtstreben und hatte sich mit den Jahren einen Panzer umgelegt, der die Zeiten überdauerte. In seinem Schutz entwickelte sie ihre eigene Sicht der Welt. Dennoch war ihre Seele von einem tiefen Kanal aus Trauer und Tränen umgeben, der sie weiser und heller machte als alle Morgensonnen der Welt. Sie war nicht bereit, für den Sieg der Sonne zu sterben und bedauerte alle Opfer, die ihr Herz für den Fortbestand der Sonne lassen mussten. Allzu gut kannte sie den Schmerz der blutigen Nachmittage, wenn die Sonne senkrecht auf den Pyramidenplätzen stand und die gelben kleinen Schmetterlinge kamen, um anzuzeigen, dass der Tod für viele nahte. Dies alles erregte in ihr schrecklichen Abscheu, so dass sie sich gegen den Todeskult für das Leben entschieden hatte und auch dafür Sorge trug, indem sie sich in ihren Panzer zurückzog, wenn ihr danach zumute war. In seinem Schutz überlebte sie Tage und Jahre, und dadurch kümmerte es sie im Grunde wenig, was sich die Priesterwelt an neuen Opferritualen ausdachte, um das Weltgeschehen in Gang zu halten. Die Hauptsache war, dass man sie in Ruhe ließ. So nahm das Geheimnis der Buß- und Trauerkleider bei ihr die Gestalt eines dicken Panzers aus Horn an, unter dem sie ihr eigenes kleines Glück pflegte und ihre Mütterlichkeit in Uxmal bescheiden auslebte.

Seit Menschengedenken befand sie sich dort in Uxmal in Rivalität mit der Schlange, die alle anderen Tempel in reichem Ausmaß bewohnte. Aber da die Schildkröte schon betagt und nicht mehr so geltungsbedürftig war, genügte es ihr, einen weniger ins Blickfeld fallenden Tempel zu bewohnen: ein einfaches Rechteck, auf dem früher eine Hütte aus Holzpfählen stand, die mit Schlingpflanzen zusammengebunden waren. Mit der Zeit wurden diese Holzpfähle dem früheren Vorbild nach aus Stein zu einer einfachen Tempelhalle umgebildet. Später nannten die Archäologen diese Bauart den »Puuc-Stil«.

Das geschah zu der Zeit, als nicht nur die jungen Frauen, sondern auch die alten schwanger wurden von Männern aus der Herrschaft des Tzintzin Coc Xul, der die Muschel der Meeresschildkröte anbetete, weil sie in langen Tönen zarte Melodien aus dem Wasser lockte. Im Gegensatz dazu verabscheute Tzintzin Coc Xul die Bienen auf dem Festland, die sich in immer größeren Schwärmen über den Bäumen der Schlechtigkeit versammelten und hin- und hersummten, um dann ganz berauscht von dem Blütenduft und dem süßen Nektar aus purem Vergnügen mit ihren giftigen Stacheln die Menschen anzugreifen. Die Quälgeister drangen durch alle Ritzen und Löcher in die Häuser ein, so dass man ihrer anders nicht Herr werden konnte, als die Hütten aus Laubwerk und Baumstämmen durch feste Steingebäude zu ersetzen. Die Melodien aus der Muschel der Meeresschildkröte aber wirkten beruhigend wie Balsam sowohl auf Bienen als auch auf Menschen, so dass die Meeresschildkröte die Zauberin des Wassers genannt und hoch verehrt wurde. Sie war die Ahnherrin der Schildkröte aus Uxmal.

Für das Fortbestehen der Welt wäre es dringend nötig gewesen, diese alte Weisheit innig zu bewahren, statt zu bekämpfen angesichts der Epoche, die mit den Stechbienen begann. Das beginnende Zeitalter der Stechbienen mit dem Opferkult setzte sich in allen Lebensbereichen durch. Nur der Schildkröte in Uxmal waren noch die alten Melodien und Weisheiten bewusst, und daher unterschied sie sich deutlich von der Schlange in Uxmal.

Die Schildkröte hatte die Gabe, sich von dem Gegenwärtigen nicht aus dem Gleichmaß bringen zu lassen. Alles, was weiter zurücklag, wurde in geheimnisvollen Zeichen aus abgerundeten Vierecken auf ihrem Hornpanzer gespeichert, damit es nicht von der Gegenwart aufgezehrt werde. Auch die Priester hatten vor diesen Zeichen, die sie auf dem Rücken trug, alle Achtung, und sie sagten: »Die Schildkröte trägt das Bild der Ewigkeit auf ihrem Rücken«, ohne zu wissen, welch große Macht in diesen Zeichen verborgen war, denn diejenigen, die sie kannten, hatten die Kraft, hinter das Leben zu treten und sich mit dem Tod auseinanderzusetzen. Ihnen war der gefährliche Weg in die Unterwelt ganz und gar nicht fremd. Die Priester betrachteten die Schildkröte daher als Heldin.

Aber die Priester wussten nicht, dass sie Göttin war: Mutter Erde höchst persönlich, die als ihren ersten Sohn die Sonne gebar, nachdem sie schon einer stattlichen Anzahl weiblicher Wesen das Leben geschenkt hatte. Und das geschah so.

Eines Morgens fegte Mutter Erde ihren Tempelhof mit dem Besen, als ein Federbällchen vom Himmel vor ihr auf die Erde flog. Sie hob es auf, nahm es an ihren Busen und fegte alsdann den Tempelhof weiter. Nach einigen Wochen wurde sie gewahr, dass sie schwanger war. Ihr Erschrecken war ungeheuerlich, weil sie doch bei keinem Mann gewesen war und Angst hatte, ihren Töchtern sagen zu müssen, dass sie einem Bastard das Leben schenken werde. Ihre Töchter – die Mondgöttin mit den Sternen – waren schon alt und traten in heftigem Zorn aus dem Dunkel der Nacht hervor, um mit der Mutter zu streiten. Sie waren stark mit der Finsternis verbunden. In ihrer Eifersucht auf das noch nicht geborene Kind und aus Scham vor den anderen Göttern angesichts ihrer unkeuschen Mutter zürnten sie sehr mit ihr und drohten dem Ungeborenen schon jetzt mit dem Tod, falls die Schildkröte – ihre Mutter, die Erde – den Bastard gebären sollte.

Mutter Erde weinte, weil sie die dunkle Gewalt ihrer Töchter kannte. Sie würden keinesfalls vor Mord zurückschrecken. Als sie am allertraurigsten war, hörte sie in ihrem Bauch eine feine, klare Stimme sprechen: »Keine Angst, Mutter Erde! Ich werde, wenn ich aus dem Dunkel deines Leibes trete, mit meinem Strahl deine Töchter für ewig in die Dunkelheit der Nacht verbannen, so dass sie für immer dem Licht abhold sein werden. Mit meinem Strahl werde ich über sie herrschen. Ein neuer Äon kommt mit mir, der den alten besiegen wird.«

Als der Zeitpunkt der Geburt gekommen war, rückten tatsächlich die dunklen Nachtgestalten unter Führung der Mondgöttin heran und wollten das Neugeborene töten. Doch der gerade zur Welt gekommene Junge nahm seinen Stab und vertrieb die dunklen Nachtgestalten bis an das hinterste Ende des Nachthimmels an den schwarzen Fluss der Tränen, weitab vom Reich des Lebens. Um das Schlimmste zu verhüten, rief die Erde schnell einige Opfertiere zusammen. Da gab es vor allem die roten Nacktschnecken, deren Lebenssinn ausschließlich darin bestand, Opfer zu sein. Die kamen zuhauf und neigten ihr Haupt über die Opfergrube, so dass sie die Nachtlemuren mit großer Genugtuung ausschlürfen konnten.

Für diesmal war das Unheil abgewendet worden. Zornig zogen sich die Nachtgestalten in ihr Schattenreich zurück, ohne auch nur ein bisschen lebendiger geworden zu sein. Dafür hätten sie eine einzige Frage stellen müssen. Dies vermochten sie aber nicht, weil sie nur das Opfer wollten und nicht das Leben.

Der neugeborene Sonnengott zog mit Triumph aus dem Panzerleib seiner Mutter heraus und trat seine Herrschaft am Himmel an. An jedem neuen Tag schreitet er morgens in seine Bahn, um abends wieder in den Ozean zu tauchen. Für immer und ewig hat er die Liebe seiner Mutter zur Seite und ihr versprochen zu helfen, was auch kommen mag. Die Mutter Erde in ihrer Weisheit, Leben zu gebären und zu verschlingen, war von Anfang an in die Kraft des jungen Sohnes verliebt. Daraus machte sie keinen Hehl. Dennoch blieb sie ihren Töchtern - den Nachtgewalten - verbunden und befahl ihnen, ihre Stellung im Dunkelreich anzutreten.

Trotz aller Bewunderung für den jungen Sohn hielt die Schildkröte es jedoch nicht lange an seiner Seite aus, sondern suchte immer wieder die Dunkelheit ihres Panzers im Tempel auf.

Das Geheimnis der Schlange

Die Ruhe des Vormittags breitet sich im trockenen Gras vor der hohen Pyramide des Wahrsagers aus. Im Hintergrund hört die junge Frau aus Europa das Kichern der Mädchen, die versuchen, die Fensterscheiben des kleinen Museumslädchens blank zu reiben. Dazwischen hörbare dunkle Männerstimmen werden mit erneutem Gickeln beantwortet.

Doch an jenem Sonntagmorgen ist hier die Stille größer als alles Rascheln, Gebrumme und Kichern. Sie legt sich über die Geräusche und öffnet den Raum. Die Äste beugen sich im kaum wahrnehmbaren Wind leicht zurück und machen dem kommenden Tag den Weg frei. Kleine Leguane warten auf den herumliegenden Steinen und streicheln die warme Luft mit ihrer Zunge. Das Gartentürchen aus grün gestrichenem Maschendraht grenzt das von den Mayas gehegte Ruinenfeld vom nahegelegenen Tropenwald ab. Das Türchen ist geschlossen und hält mit aller Macht dem üppig wuchernden Wald stand. Dabei darf der Besucher nicht vergessen, dass auch die Macheten der fleißigen Maya-Nachfahren ständig am Werk sind, den Dschungel von der geweihten Stätte fernzuhalten.

Das Schnarren der Quetzalvögel und das leise Stimmengewirr unzähliger Zikaden - ein ununterbrochenes Reden des Regenwaldes - dringt an das Ohr der Fremden und weiht sie ein in die geheimnisvolle Sprache eines Ruinenfeldes mit alten Zeugnissen der Maya-Kultur. Sie sitzt im Schatten eines Johannisbrotbaumes vor der Wahrsagerpyramide und wartet auf die Freunde, die heute anlässlich der Tag- und Nachtgleiche die Pyramide besichtigen wollen.

Sie kannte ja die Pyramiden von früheren Besuchen schon und wollte sich ganz und gar auf das im Reiseführer ausführlich beschriebene Lichtphänomen konzentrieren, das von Astronomen aus vorspanischer Zeit für diesen Tag errechnet worden war, ein Schattenspiel, das jedem, der nicht in das mathematische Geheimnis der Maya-Astrologen eingeweiht ist, wie ein Wunder erscheinen muss: An den Äquinoktialtagen werden nachmittags auf die Balustraden der Pyramide Schatten in Gestalt von Schlangen geworfen, die an der Pyramide nach unten gleiten und in den Schlangenköpfen aus Stein am Schluss der Treppe enden. Auf diese Weise kann der Besucher auch eine Verbindung zu den Klapperschwänzen oben am Gipfel der Pyramide herstellen, deren auffälliger Fragmentcharakter an anderen Tagen des Jahres zu Vermutungen herausfordert.

Die fremde Frau zieht es vor, an diesem ruhigen Plätzchen gegenüber der Treppe zu warten, bis das Lichtspiel beginnt. Kaum in die Stille eingetaucht, dringt aus dem Inneren der Pyramide ein Rülpsen an ihr Ohr und dann ein Dröhnen, das in einem langen *Chaak* endet und sich kräftig und laut über alle anderen Stimmen stellt. Sie erschrickt. Spontan richtet sie sich auf und hört hin. Im Leib des Bauwerks ist ein Tapsen und langsames Vorwärtsschreiten zu vernehmen. Eine Stimme, die nur für sie bestimmt scheint, dringt zu ihr vor und sagt in einer ihr verständlichen Sprache: »Dieser Platz ist ein Ort der Energie - schau dir die Schlangen genau an, aber versuche dich an deine eigene Schlangenkraft zu erinnern! Sie zeigt dir den Weg! Die Lebenskraft ist die aufgerollte Schlange in deinem Leib. Wenn du sie mit dem Einatmen an der Wirbelsäule entlang aufrichtest, wird sie zur andauernden Energiequelle. Entdecke diese Spirale in deinem Körper, entfalte sie in dir.«

Das ist das Letzte, was die dunkle Stimme der Frau mitteilt. Als sie verstummt, ist es nicht mehr still an jenem Ort. Die Unruhe entspringt aus ihr selbst. Die Worte aus dem Inneren der Pyramide haben sie aufgewühlt. Sie fragt sich, was das heißen soll, dass sie sich um die Entfaltung ihrer Spirale sorgen soll. Sollte sie etwa zu dem spiralartigen Turm auf dem Ruinengelände hinübergehen, der im Reiseführer »caracol«, die Schnecke, genannt wird? Oder meint das Orakel, dass sie ihr eigenes Labyrinth ergründen solle? »Die Spirale im Inneren entfalten, weist eindeutig auch auf die Suche nach dem eigenen Irrgarten hin«, denkt sie. Sie muss etwas tun, und sie fängt an zu schreiben.

Die Freunde lassen sich nicht sehen. Sie notiert und notiert wie unter einem Bann. Es wird Mittagszeit. Der erste Sonnenstrahl im Pyramidenhof gibt einen außergewöhnlichen Blick auf die Pyramide frei: Was von oben wie eine normale Kammer ausgesehen hatte, so wie man sie auf einem Pyramidentempel erwartet, ist von unten gesehen eine geradezu surreale Erscheinung. Die gesamte Kammer und die Mauern ringsum ergeben ein einziges riesiges Gesicht - das des Regengottes Chaak. Aus ihm drängen sich zwei Schlangenleiber. Zwei Klapperschlangen aus Licht bewegen sich an den Balustraden Stufe um Stufe - dreihundertvierundsechzig an der Zahl - nach unten. Als Zuschauer kann man den Eindruck gewinnen, dass der Gott der »Gefiederten Schlange« - der Quetzsalcóatl - zurückgekommen sei. Die alten Texte verkünden, dass aus dem Mund dieser Schlange die Mayas buchstäblich die Kenntnis der Welt erhalten.

Die junge Frau durchlebt die Fantasie, dass das eigentliche Geschehen erst jetzt beginnt, dass der geisterhafte Quetzalcóatl ihretwegen wieder zurückgekommen sei, um ihr die zentrale Bedeutung des Maya-Mythos zu offenbaren. Sie, die unter dem Johannisbrotbaum sitzt, ist wahrhaftig keine Maya-Nachkommin. Dennoch fragt sie nach Sinndeutungen wie jeder andere denkende Mensch gleich welcher Kultur.

Sie sieht, wie der Krotalus sein Maul öffnet und zu ihr spricht: Sie, die Europäerin, müsse leiden, weil sie an ihrer persönlichen Struktur festhalten und diese sogar über alle Zeiten mitnehmen wolle. Schlangen müssten ihre alte Haut loslassen, wenn sie wachsen wollten. Sie streiften die äußere Hülle ab, ließen sie zurück und entwickelten sich in größere Räume. Leben könne nicht ausgelöscht, sondern nur abgestreift werden, um in andere Entwicklungsräume übergehen zu können. Das tiefste Wesen eines jeden Menschen sei unsterblich.

Beide Schlangen verschwinden wieder oben im Tempel. Mittlerweile liegt das Pyramidenhöfchen in praller Mittagssonne. Es gibt keinen Schatten mehr. Die Frau bedeckt ihren Kopf mit dem Schreibheft, in das sie vor kurzem noch geschrieben hatte. Momentan muss sie erst einmal ihre Gefühle und Gedanken ordnen und über das Gesagte nachdenken. Sie befindet sich in einem Schwebezustand zwischen Traum- und Wachbewusstsein. War das eine Vision gewesen, was sich da vor ihr abgespielt hatte? War das Geschehen auf der Pyramide nur eine Folge von Hitze, Stille und Einsamkeit? Sie zweifelt an dem, was sie gesehen hat, am Mythos wie an der Wirklichkeit, und kann die Grenze zwischen beiden nicht mehr aufrecht erhalten.

Die Sonne ist ihr lästig. Wenn nur ihre mexikanischen Freunde bald kämen! Dann hätte sie wenigstens jemanden, mit dem sie über die Philosophie der »gefiederten Schlange« diskutieren könnte.

Sie geht der Sonne aus dem Weg und sucht den Schatten am Museumslädchen. Dort setzt sie sich auf die Stufen und fängt wieder an zu schreiben. Ein kleiner Honigschlecker im Gebüsch hinter ihr stimmt sein Lied an, als wolle er ihr zeigen, dass er sowohl zum Baum als auch zum Himmel gehört und froh darüber ist, und keineswegs verzweifelt.

Inzwischen kommen die Freunde. Sie haben sich verspätet und das Wunder der Schlangenerscheinung versäumt. Neugierig hören sie zu, was ihre Freundin über die »gefiederte Schlange« verkündet. »Sie ist niemand anderes als der Azteken-Gott-König Quetzalcóatl, der vom Norden Mexikos nach Yucatán floh«, erklärte Enrique, der Mexikaner, »weil er sich von den Magiern aus dem Norden, die ihm ewige Jugend versprachen, verführen ließ. Der Preis, den er dafür bezahlen musste, war die Einführung der Menschenopfer bei allen Zeremonien im ganzen Reich. Als Quetzalcóatl erkannte, was er angerichtet hatte, floh er zur Buße nach Yucatán zu den Mayas, verbrannte dort seinen Leib und stieg als doppelgestirnige Venus, als Stern der Morgenfrühe und des Abends, am Maya-Himmel auf.«

Die Freunde haben sich viel zu erzählen. Sie tauchen tief in die prähispanische Geisteswelt ein, von der die Europäerin immer mehr erfahren will. Der Nachmittag vergeht im Nu. Der Abend legt sich über das Ruinenfeld. Als sich die Freunde erheben, um zum letzten Bus zu laufen, sehen sie oben am Abendhimmel die Venus kräftig und rot leuchten. Enrique nimmt den Gast aus Deutschland an die Hand und deutet auf den Himmel. Tatsächlich steht er da, der Abendstern!

Schnell rennen sie auf die Hauptstraße, die am Pyramidenfeld vorbeiführt, um den Autobus noch zu erreichen.

Chichén-Itzá: oder »Am dunklen Mund des Brunnens«

In den dunklen Brunnenschacht hinuntersteigen, heißt: sich der Erinnerung stellen. »Kein schlechter Weg«, sagen die Dichter, »um mit einer Geschichte zurückzukommen« - einer Geschichte, die von der Angst junger Mädchen und der Leidenschaft der Maya-Priester handelt, die von der Undurchsichtigkeit religiöser Systeme berichtet und in der kein Widerstand entfaltet wird gegen die Lust am Selbstopfer; eine Geschichte, die die Furcht vor den hellen Klängen der Obsidianmesser, die zuschlagen und weit über die Pyramidenplätze hörbar sind, verschweigt und erst beginnt, wenn der Schrei des Opfers beim Eintauchen von dem stummen Wasser des *Cenote* erstickt wird und ein Loch des Schweigens hinter sich herzieht.

Als sie vor dem großen Wasserloch stand an jenem heißen Nachmittag in Chichén-Itzá, den die Mayas den »Teich der Jungfräulichkeit« nennen, ein ganzes Stück entfernt von der großen Pyramide, mit ihr aber durch eine Prozessionsstraße verbunden, erinnerte sie sich an den Schrei eines Mädchens, das wehrlos von Priesterhänden in den Teich hinabgestoßen wurde, damit Chaak - der Regengott - seinen Saft wieder über die Felder verströme und diese noch einmal fruchtbar würden. Wöchentlich opferten sie dem »dunklen Mund des Brunnens« eine Jungfrau und sagten, dass dies der Wille des Regengottes sei.

An auserwählten Tagen erklang, bevor die Nacht hereinbrach, tief unten im *Cenote* - dem heiligen Wassergrab der Maya-Jungfrauen - eine alte Frauenstimme. Leise klagend begann sie, schwoll an zu einem langen, nicht enden wollenden Ton, der auf einer angenehmen Höhe stehen blieb. Dann lösten sich die weißen Leinenhemdchen von ihren Webstühlen und flogen über den Schmetterlingspalast zur großen Pyramide hinüber. Es folgten die blauen, schweren Gewänder der Alten von den Bergen, die sich über die Altäre an der Prozessionsstraße ausbreiteten. Die schwere, feuchte Luft drückte den Ton in die Weite der Räume zwischen den Pyramiden. Andere Töne gesellten sich dazu, und zusammen riefen sie immer wieder neue wach. Sie dehnten sich überall hin aus, durchschritten die Eingangsbögen der dunklen Gemächer, eilten hinaus in die Paläste, auf die Plätze der Priester hinüber zum roten Jaguar mit den grünen Jade-Augen.

Noch bevor die Sonne unterging, hatten sie die gesamte Ebene durchzogen, vernetzt und verspannt. Sie warteten auf die langen, schwarzen Frauenhaare der Mütter, die wie Kettfäden die Dunkelheit durchliefen und dabei die Prozessionsstraße, die Palasthöfe, die Parkplätze der Touristen, die Zeremonienräume der Hohen Priester miteinander verwoben. Die langen Töne gaben dem dunklen Gewebe Farbe.

Immer, wenn sich das Nahen des Todes ankündigte, machten sich auch die kleinen gelben Schmetterlinge auf den Weg. Sie verströmten ihr Licht und gaben den Lebenden, die vorderhand nur die gelben Schmetterlinge wahrnahmen, eine Ahnung von der Ankunft des Todes. Deshalb sagen auch heute noch die alten Mayas, wenn die gelben Schmetterlinge kommen: »Jetzt stirbt einer.«

Für die vielen Maya-Mädchen im *Cenote* aber waren die gelben Schmetterlinge zusammen mit der schönen Frauenstimme das Signal der baldigen Erlösung. Nackt, wie sie waren – ihre Kleider und ihren Schmuck kann der Tourist heute noch im archäologischen Museum von Merida bewundern –, hangelten sich die ertrunkenen Maya-Seelen an dem Netzwerk aus Haaren und Tönen aus dem Brunnenmund herauf und mussten vor dem Jaguargott mit den Jade-Augen wie am Zirkustrapez mit viel Geschick und Talent eine Vorstellung zelebrieren. Kaum, dass dieser die Mädchenkörper gesehen hatte, wurden bei ihm die alten Gelüste seiner Raubtierzeit, bevor er Gott war, wieder lebendig, und er versuchte voller

Gier und Leidenschaft eine Mädchenseele zu erwischen, um dann mit ihr in den dunklen Palast zu entfliehen.

Die Seelen hatten sehr viel Angst, von ihm berührt zu werden, weil er die Grenze zwischen Leben und Tod nicht kannte und achtete. Jedesmal, wenn der Jaguar eine Seele berühren wollte, kam zu ihrem Schutz schnell ein Leinenhemdchen angeflogen. Das legte sich um die Mädchenseele und geleitete sie still an ihren Platz in einer Nische der großen Pyramide. Dort legte sich die müde Seele hin, damit sie erlöst und ruhig einschlafe. Noch einmal die Schmach der Schändung durchzumachen, hätte die Mädchen um ihre Wiedergeburt gebracht dort im *Tlalocan*, dem Ort des ewigen Grünens und Sprießens, des paradiesischen Sprudelns, wo die Seele Verse schmiedet und mit den anderen glücklich verbunden ist im nicht endenden kreativen Zustand des Fließens.

Auf diesen Seelenfrieden hatte sich das Mädchen schon so sehr gefreut und das Erklingen der Frauenstimme so mächtig ersehnt, als es eines Morgens bemerkte, dass sein blanker Leib von den hässlichen Warzen einer alten Kröte bedeckt war. Am Hals- und Haaransatz, ebenso in den Achselhöhlen hatten sich Fischschuppen ausgebildet – sehr klein zunächst, an Stellen, die für die anderen nicht so sichtbar waren. Für sie aber waren sie die Bestätigung ihrer inneren Froschnatur, ihrer Ambivalenz zu dem Heiligen und ihres unechten Spiels damit. Ihre Natur hatte sich im Laufe der Jahre im Unterbewussten schon dem unreinen, dunklen Brunnenwasser angepasst. Die Begegnung mit dem weißen Hemdchen musste schnell geschehen, bevor sich ihre gesamte Haut in Warzen verhärtete und jedes Hemdchen mit Recht sagen würde, dass eine solche Schwarte keinen Schutz brauche, erst recht keine Erlösung.

Der Zustand des Mädchens verschlimmerte sich, da es auch entdeckte, dass der Juckreiz an den Beinen eine Art Schuppengebilde hervorbrachte, einem Ausschlag gleich, der es noch einmal an die alte, vergangene Reptilnatur erinnerte. Auch die Ausstülpung eines Schwanzes, der sich immer deutlicher zeigte und sich zu einem richtigen Kaulquappenschwanz ausbildete, den es, mit aller Mühe, bis jetzt noch verbergen konnte, machte wieder auf die wilde Wassernatur aufmerksam, die in dem Mädchen steckte und sich dort unten im dunklen Brunnenschacht zu Hause fühlte und die, richtig betrachtet, gar nicht erlöst werden wollte.

Der Jaguar hatte schnell ihre Unreinheit gerochen, und als er sie gierig anfiel, kam rasch das weiße Hemdchen angeflogen, um ihren Leib zu bedecken. Doch von den harten Schuppen und den dicken Warzen gehindert, gelang es dem Hemdchen nicht, sich über den unförmigen Leib zu stülpen. Fast hätte es der Jaguar geschafft zuzuschlagen.

Doch dann war alles ganz anders. Beim Anziehen des Hemdchens verlor die Kaulquappe ihren Schwanz. Aus der Mädchenseele wurde ein Frosch, der kein Hemdchen mehr brauchte. Schnell hüpfte er zum Brunnenmund und ließ den Jaguar hinter sich zurück.

So viele Hemdchen da waren, so viele Seelen wurden erlöst. Die anderen aber mussten zurück in den Mund des Brunnens und warten, bis die schöne Frauenstimme wieder sang.

»Chichén-Itzá«, so erklärte der Tourist Guide am Ende der Tour, »heißt übersetzt: Am dunklen Mund des Brunnens.«

Milagros Figueras beichtet

Am Nachmittag eines Mittwochs im Dezember geschah es, dass Milagros Figueras zur Beichte in der kleinen Dorfkirche Maria de Carmen auftauchte. Sie erschien dort nicht jeden Mittwoch wie die anderen Frauen ihres Dorfes. Heute aber hatte es einen besonderen Anlass gegeben, Padre Angel aufzusuchen, um ihrem Gewissen Erleichterung zu verschaffen. Padre Angel, der mit seiner Fülle die Beichtzelle derart einnahm, dass er sich nur mit Schwierigkeit darin umdrehen konnte - geschweige denn richtig atmen in dem engen Kabuff –, saß auf sein Bänkchen gezwängt, das Ohr breit an das Holzgitter geneigt.

»Aha, heute wieder Weibergeschichten, aha«, dachte er, als er Milagros wahrnahm. Nun würde er bald wissen, wo sie gestern abend allein hinspaziert war. Eine Liebesgeschichte bekäme ihm in seiner priesterlichen Einöde gerade außerordentlich gut. Sie würde ihn aufheitern und seiner im Sterben liegenden Phantasie Flügel wachsen lassen... »Ja, diese Weibersleut, man soll sie hart an die Kandare nehmen, damit sie erst gar nicht an dem Laster Geschmack finden, das den Männern dann nur Schwierigkeiten schafft.« Er fand Gefallen an der jungen Frau, wie sie da so vor ihm saß, und er wäre keineswegs abgeneigt gewesen, das Beichten auf einem Abendspaziergang mit ihr abzuschließen.

Zwei pralle, runde Hüften, die sich beim Gehen leicht hin- und herbewegten, als ob sie sich gerade frisch verliebt hätte, verwiesen auf das Temperament und die Kraft in ihrem Leib. Sie trug ein goldenes Ringlein am braunen Ohrläppchen und einen in roten und braunen Streifen gewebten *Huipil* wie alle Frauen ihres Dorfes.

Milagros wollte dem Padre keine Liebesgeschichte erzählen (oder war es vielleicht doch eine?). Auf jeden Fall trug sie sich schon seit geraumer Zeit mit dem Gedanken, mit Padre Angel zu sprechen wegen einer Angelegenheit, die immer schwieriger wurde, die unbedingt Beistand verlangte, weil sie damit alleine nicht mehr fertig wurde.

Seit drei Monaten, wenn die Mutter das Vieh versorgte und meistens auch noch auf einen Sprung zur Nachbarin ging, näherte sich ihr der Vater in einer Weise, wie sie es nicht mochte und auch von ihm bisher nicht kannte. Er wollte sich mit ihr auf das Bett legen, um ihr Geschichten aus der Bibel vorzulesen. Milagros selbst meinte, der Vater würde ihr nur Gutes tun, und außerdem hatte Padre Angel immer wieder in seinen Predigten betont, dass sie die Bibel täglich lesen sollten. Und wenn der Vater ihr die biblischen Geschichten vorlas, dann brauchte sie diese nicht selbst zu lesen. Außerdem konnte er viel besser lesen als sie, die mit ihren dreizehn Jahren nur drei Jahre die Schule besucht hatte. So konnte sie einerseits überhaupt nicht verstehen, warum sie dem Padre beichten wollte. Doch zugleich war da etwas, das ihr missfiel und ihr ein schlechtes Gewissen bereitete, obwohl ihr Verstand nichts gegen das Tun des Vaters vorzubringen hatte.

Doch! Als der Vater ihr letztes Mal die Textstelle von dem »Hohen Lied der Liebe« vorlas und er dann von den Brüsten der Shulamit sprach, die wie von jungen Zicklein waren, strich seine Hand - wie zur Veranschaulichung des Bibeltextes - über ihre Brüste und verweilte auch noch ein wenig dort. Am Anfang war sie erschrocken und wollte fort, weil es ihr unangenehm war, aber sie getraute sich nicht wegzurennen, da sie vor dem Vater auch Angst hatte. So blieb sie einfach liegen, und zu guter Letzt gefiel ihr auch sein Streicheln.

Gestern kam noch etwas dazu, das ganz neu in ihrem Leben war und das ihr größte Angst einflößte. Sie blutete aus dem Bauch, und sie war überzeugt, dass ein wildes Tier in ihrem Leib hauste, das das Bluten und die Schmerzen verursachte. Sie geriet in große Panik, auch davor, dass der Vater sie jetzt strafen würde.

Das wilde Tier war sicher nur in ihren Unterleib gekommen, weil sie so voller Sünden war. Das Bluten war etwas Abartiges und bestimmt die Strafe für ihre bösen Taten. Diesmal hatte sie sich geweigert, sich mit dem Vater aufs Bett zu legen. Dafür hatte er sie tatsächlich geschlagen. Ihm hatte sie den eigentlichen Grund - nämlich das Bluten - verschwiegen.

Nur der Mutter hatte sie gesagt, dass sie blutete. Der hatte sie auch von ihren Bauchschmerzen erzählt. Daraufhin hatte die Mutter geschrien, dass sie sich nicht so anstellen solle, dass das alle Frauen durchmachen müssten, zum Glück auch die reichen. Dann ist sie wieder zu den Tieren und zur Nachbarin gegangen und hat Milagros in ihrem Unglück allein gelassen. Milagros fühlte sich einsam und unverstanden. Dass die reichen Frauen das auch bekämen, war offensichtlich für die Mutter ein Trost. Für Milagros noch lange nicht. Sie war so verlassen und mutterseelenallein mit ihrem Schmerz, dass sie sich auf der Stelle wünschte, tot zu sein. Wäre jetzt der Vater zu ihr gekommen, wäre sie noch verzweifelter gewesen. Eins war ihr klar, sie musste auf alle Fälle verschwunden sein, ehe er kam! Sie drehte sich auf dem Absatz um, lief weg, rannte was sie konnte, und keiner vermochte zu sagen, welcher Geist sie trieb.

Ohne zu wissen, wer sie anstachelte, lief sie durch die herumstreunenden Hunde der Plaza zu, auf der sich die Kirche befand. Da gerade Mittwoch war und die Kirchentür offen stand, trat sie ein, kniete sich vor dem Beichtstuhl nieder und wartete auf den Pater. Der einzige Weg, der ihr blieb, war mit ihm zu reden. Er konnte ihr vielleicht einen Rat geben oder sie vielleicht als Küchenhilfe einstellen. Das wäre für sie am besten! Aber, würde sie sich getrauen, den Padre Angel zu fragen, ob er sie gebrauchen könnte? Zu viele Gedanken stiegen in ihr auf. Es fiel ihr schwer, sitzen zu bleiben und zu warten.

Nachdem sie dem Pater alles gebeichtet hatte, so wie es ihr von ihrem innersten Herzen diktiert wurde, und der Padre Angel auch zugehört hatte, betonte sie noch einmal, dass sie nichts mehr von der Bibel und den zehn Geboten hören und auch nicht mehr in das Haus ihrer Eltern zurückkehren wolle. Hier bleibe sie sitzen und bewege sich nicht mehr von der Stelle, außer dass der Herr selbst vom Kreuz heruntersteige, sie an der Hand nähme und in das Paradies führe, wo es bestimmt schön sei.

Sie hielt eine Weile inne, bevor sie noch einmal ihre Stimme erhob und klar und deutlich formulierte, es gäbe allerdings noch eine Möglichkeit; die getraue sie sich jetzt auszusprechen und die wäre: bei Hochwürden entweder in der Küche oder sonst im Haushalt zu helfen für Kost und Logis. Nun war es heraus. Ein bedächtiges Schweigen folgte. Es war so still in der Kirche, dass man deutlich den schweren Atem des Priesters vernahm, der beim Einatmen von einem Röcheln im Brustkorb begleitet wurde. Die Stille wurde spürbar verstärkt durch die einsetzende Konzentration im Gehirn des Priesters auf zwei Gedanken: einmal hatte er schon eine gute Köchin in seinem Alter, die ihm jeden Wunsch von den Augen ablas. Zum andern hatte er echt Gefallen an diesem wackeren jungen Ding. Die Frage war, wie man die beiden Frauen in den Haushalt und Garten integrieren könnte, ohne dass die Alte auf die Junge eifersüchtig würde und die Junge zugleich den Erfahrungsvorsprung der Alten würdigte.

Man hörte förmlich das Hirn des Priesters denken. Ein tiefer Seufzer durchbrach schließlich die Stille, und Padre Angel sagte laut durch das Gitter des Beichtstuhls: »Du kannst bei uns bleiben, setz dich dort hinten auf die Bank, bis es läutet, dann gehe ich mit dir rüber!« Milagros war froh über seine väterlichen Worte, und doch schlich sich alsbald mit der Freude eine unbestimmbare Angst vor dem Neuen in ihr Herz ein.

Als die Glocke Feierabend schlug, zwängte sich Padre Angel aus dem Beichtstuhl. Jedem, der diesem Schauspiel zusah, musste der Atem stocken, bis der Bauch seitwärts durch das enge Türchen geschoben war. Diesmal ging es Gott sei Dank gut. Kaum heraus aus dem Türchen richtete der Padre seinen Schritt hinüber zur Kirchenbank, wo Milagros saß. Beide verließen das Kirchenschiff, durchquerten das Kirchgärtchen und steuerten hinüber zum Wohnhaus.

Als die zwei eintraten, stand Doña Ludmila mit ihrer gelbtraurigen Haut und ihrem von innen ausgetrockneten Fleisch hinten im Hausflur. Sie hatte die ganze Zeit Goldlack auf die Altardecke gestickt, die sie für die *Posada* im nächsten Monat genäht hatte. Darauf sollten das Kripplein mit Maria, Josef und dem Kind gestellt werden, außerdem noch die Hirten, Engel, die Heiligen Drei Könige, die Schafe und Kamele und die stacheligen Opuntien und Kakteen, aus dem typisch mexikanischen Ton getöpfert, der nur leicht gebrannt und äußerst vorsichtig zu behandeln ist, weil er schnell zerbricht.

Mit den Gedanken noch ganz bei ihrer Altardecke schaute Ludmila nur flüchtig auf, als sich die Tür öffnete. Erst einige Sekunden später erschrak sie sichtbar, als sie die junge Frau neben dem Herrn Pfarrer gewahr wurde. Sie ahnte nichts Gutes.

Padre Angel gab eine kurze Erklärung von dem, was sich zugetragen hatte und schloss mit der Feststellung, dass Milagros nun Doña Ludmila zur Hand gehen würde, da sie ja auch schon auf ein gewisses Alter zuginge. Gerade dies war es, was er nicht hätte sagen dürfen. Denn nun war schon von allem Anfang an Zwietracht gelegt zwischen der Alten und der Jungen. Doña Ludmila warf der jungen Milagros einen bösen Blick aus der Tiefe ihrer Seele zu und ging in die Küche, um sich dort mit irgendeiner Arbeit abzulenken.

Auch der Padre machte sich aus dem Staub. Da stand sie nun, die arme Milagros ganz allein - wie angewurzelt - neben dem Türpfosten, sich selbst so fremd in dieser feindlichen Umgebung, ausgeliefert einem tiefen Schmerz, und schwieg. Sie war wie erstarrt. Dieser Blick von Ludmila hatte sie getroffen... genau ins Herz, und er hatte sie gelähmt.

Von unten her wurde sie auf einmal unbeweglich und steif. Hilfreich fühlte sie den Türpfosten hinter sich, und lehnte sich etwas zurück. Er war ihr so angenehm in diesem Moment wie die helfende Hand eines guten Vaters, in die man sich getrost fallen lassen konnte. Sie fühlte, wie ihre Füße kalt wurden und erschrak darüber, dass sie sich immer weniger bewegen ließen. Mit wachem Geist beobachtete sie, wie sie sich selbst fremd und immer fremder gegenüberstand und so leblos wurde wie der Pfosten, an den sie sich gelehnt hatte. Sie wusste, dass sie in wenigen Minuten selbst Türpfosten sein würde für immer und ewig.

Erstaunlicherweise war sie überhaupt nicht traurig darüber, denn sie ahnte, dass sie dann ihre ewige Ruhe haben würde.

Die alte Erdgöttin

Durch die Begegnung mit jener haarigen Alten aus den Bergen vor Los Mochis war unabwendbares Leid in ihr Leben getreten. Diese fremde Alte - Inbild einer Hexe - hatte sie wie mit einem Schwerthieb mitten ins Herz getroffen, als sie ihr den Kopf ihrer jüngeren Schwester auf einem Silbertablett, zum Schrumpfköpfchen verkleinert, herüberreichte. Ihre Augen auf das Gesicht ihrer toten, kleinen Schwester geheftet, schrie sie laut auf, rief mehrmals den Namen der jüngeren Schwester, warf sich auf die Erde, raufte sich die Haare und riss sich mit beiden Händen die Kleider von Körper - ihre Schwester, ihre einzige liebe Schwester lebte nicht mehr. Mit einem Schlag war das Leben von zwei Frauen zerstört worden. Das war von der alten Hexe klug ausgedacht. Doch dieses Leid musste gesühnt werden. Es war ihr unmöglich, den Schmerz anzunehmen, ohne selbst zur Verbrecherin zu werden.

Ihr Lebtag war sie mit jedermann liebevoll und tolerant umgegangen, auch mit der Frau aus Los Mochis. Doch jetzt wusste sie, dass dabei etwas Wesentliches auf der Strecke geblieben war, nämlich ihre eigene Angriffslust, ja ihr Leben selbst. Die jüngere Schwester hatte es zeitlebens besser verstanden, ihr Leid mit Hilfe anderer erträglich zu machen.

Das konnte die ältere Schwester nicht. Sie war ihr ganzes Leben dem Leid ohnmächtig erlegen, einem solch starken Gefühl gegenüber hatte sie nur lähmende Fremdheit empfunden. Ab heute aber sollte das anders werden! Sie spürte mit einem Schlag, wie in ihr Urkräfte aus Feuer, Wut und Rache, verbunden mit einem Wehklagen, das kein Ende nehmen sollte, losbrachen, bis sie sich zur Tat entschloss.

Aus dem Tempel besorgte sie sich die große Silbersäge. So zog sie nun, von dunkler Qual gebeugt, mit der Säge auf dem Rücken über die weißen Berge in den Steinbruch, wo sich die Höhle der Alten befand. Sie fand sie nackt, auf der Erde liegend, in tiefem Schlaf, verschlungen mit einem schönen Knaben, der tot war.

Ganz dicht über sie gebeugt, betrachtete sie ohne die geringste Spur von Mitleid das alte, gelbfahle Gesicht und setzte mit aller Entschlossenheit zu töten, die Silbersäge an den Mund der Schlafenden. Sie zog sie mit erstaunlicher Kraft hin und her, bis aus den Mundwinkeln das schwarze Blut hervorquoll und in zwei dünnen Strömen rechts und links über die Wangen in die Erde floss. Dort versickerte es. Sie zog die Silbersäge durch die zusammengepressten Lippen des Greisengesichts und öffnete die verschlossenen Zahnreihen mit einer Gewalt, die ihr wie nie zuvor zuwuchs.

Zum ersten Mal in ihrem Leben brachte der Umgang mit Blut und Gewalt in ihr etwas hervor, das ihr Trachten anstachelte, der dunklen Göttin den Rachen zu öffnen, um wenigstens einige Laute des Bedauerns aus ihrem Mund zu erfahren. Doch nichts dergleichen tat sich. Noch nicht einmal ein Augenaufschlagen oder ein Stöhnen kam von der Alten.

Das Blut lief weiter, verströmte über den Körper der Alten und versickerte in der Erde.

Immer noch lag sie in einem unnatürlich intensiven Schlaf. Zu gern hätte die ältere Schwester die Worte eines Schuldgeständnisses aus dem Mund der Alten gehört. Doch nichts tat sich. Weder ein Wort noch ein Seufzer waren zu vernehmen. Das Blut floss, und der Körper entzog sich dem Schmerz mit einem Tiefschlaf, der einer großen Hypnose glich. Kalt und ohne Gefühl sah die Frau das Opfer nun in seinem Blute vor sich liegen. Der Gedanke an Mord aber kam ihr nicht, weil ihr ganzes Sinnen und Trachten auf die Sühne der toten Schwester gerichtet war.

Seit dem Blick auf das Tablett war das dunkle Aufbegehren – der Hass, die Rache, die Verzweiflung – in ihr so stark geworden, dass auch gesellschaftliche Tabus sie nicht hatten aufhalten können, zur Verbrecherin zu werden. Sie war anderen, viel stärkeren Kräften begegnet, die sich wie wilde Tiere in ihr gebärdeten, wenn sie ihnen nicht nachgab.

Sie schaute auf ihre Tat zurück: Die Alte schlief noch immer, die Wunde blutete weiter, auch der Mund hatte sich nicht mit einem Schrei aufgetan. Die Frau trat aus der Höhle in die Wüste hinaus mit der Erkenntnis, dass sie zur Mörderin geworden war, aber letztlich die Alte gar nicht hatte töten können. Noch in der Todesstunde entzog sie sich ihr mit einem kalten Lächeln um die geschlossenen Augen. Ohne jedes Mitleid verließ die Frau die Höhle.

Die Weite der Wüste machte sie nachdenklich. Mit jedem Schritt wurde die Mittagshitze unerträglicher und von den Sandkörnchen aufs Heftigste reflektiert. Das grelle Licht schmerzte in den Augen. In welcher Welt war sie angekommen?

Sie änderte die Richtung und ging talabwärts, wo sie Menschen vermutete. Sie hatte Trommelrhythmen gehört und näherte sich ihnen zögerlich. Langsam wurde ihr klar, dass sie in das Tal der Ausgeschiedenen eingetreten war. Unten in der Senke erschienen Gestalten. Sie kamen näher, und die junge Frau verringerte ihr Schritttempo, obwohl es leicht bergab ging. In der Talmulde lagen einige Leiber auf der Erde, andere saßen aneinandergelehnt im warmen Wüstensand. Alles erinnerte sie an ein großes Gräberfeld in Peru, auf dem die Toten nicht in tiefen Gräbern beerdigt wurden, sich aber im Wüstensand ausgezeichnet erhielten. Offensichtlich gab es das auch in Mexiko.

Inmitten der Körper saß eine dicke Frau auf einem Hocker vor einer großen Trommel. Flink trommelte sie mit beiden Händen in anmutigen Bewegungen. Immer mehr Gestalten scharten sich um die Trommelnde. Die gerade Angekommene erkannte in der Trommlerin mit dem weißen Strohhut ihre Cousine T., ging auf sie zu und wollte sie begrüßen. Die aber trommelte weiter, ohne aufzuschauen. Ohne Zweifel: das war ihre Verwandte, vor Jahren an Krebs gestorben. Nie hatte sie zu ihren Lebzeiten bemerkt, wie schön sie mit der Trommel umgehen konnte.

Sie suchte sich selbst im Sand zwei Hölzer zum Trommeln und trommelte ebenfalls. Ihr kleines Trommellied ließ die große Trommlerin aufhorchen, doch sie wandte sich ihr nicht zu. Stur schlug sie ihren eintönigen Rhythmus auf das Fell. Beide trommelten, ohne dass sich ihre Melodien berührten. Dennoch ergaben beide Weisen einen stimmigen Klang. Zu zweit stellten sie auf ihrem Schlaginstrument ihre ureigene Lebensgeschichte vor, und keine behinderte die andere; im Gegenteil: es klang gut.

Die Umstehenden verstanden viel und merkten sogleich, dass auch die Neuangekommene aus der Höhle der Alten kam. Jeder, der aus dem Bau der Alten im Steinbruch erschien, musste trommeln, damit die bösen Geister von ihm wichen und er die Ruhe fand, die man braucht, um in diesem Tal bleiben zu können.

Die Einsame vom Río Balsas

Sie war von hohem Wuchs, hatte keinen Bauch und Wülste um die Hüften wie die anderen Frauen. Sie war eine Ausnahme, auch in ihrem unzulänglichen Durchsetzungsvermögen gegenüber den Gleichaltrigen, das schon in ihrer Kindheit seinen Anfang nahm. Diese übertrieben freundliche Art, mit der sie jedermann anlächelte, war im Grunde Ausdruck ihrer Schwäche und Hilflosigkeit gegenüber den Menschen, denen sie sich unterlegen fühlte. Mit den Alten ging sie besonders lieb um, das lag vielleicht daran, dass sie keine Eltern hatte, aber immer unter den älteren Dorfbewohnern nach ihnen auf der Suche war.

Aus der Kindheit war ihr die Erinnerung geblieben, dass sie von einer alten, fremden Frau, die sie »tía« nannte, groß gezogen wurde. Diese Frau kehrte immer erst spätabends heim. Deshalb war sie als Kind tagsüber viel alleine, wenn nicht ab und zu die Rotznasen von der Flussmündung gekommen wären. Deren Eltern waren ebenfalls nicht zu Hause. Sie kannten auch keine Schulpflicht, sondern schweiften in der Gegend herum mit sicherem Instinkt und großer Neugier, etwas zu entdecken. Sie wohnten in Wellblechbaracken unten an der Flussmündung, hatten aber bei ihren Streifzügen irgendwann das einsame Mädchen in seiner Hütte oben am Berg aufgespürt.

Zuerst spielten sie miteinander, doch schon bald stellte sich heraus, dass die Große in der Kinderschar wenig zu melden hatte. Die Spiele wurden daraufhin immer einseitiger und aggressiver. Eines Tages zwangen sie die Einsame auf das Bett, hielten sie gegen ihren Willen fest und machten sich ein Spielchen daraus, wie lange es dauern würde, bis sie lachte, wenn man sie an den Fußsohlen kitzelte. Irgendwann hat sie sich dann selbst gewünscht, dass man sie überwältige, um ihr die Fußsohlen zu kitzeln, weil sie sich schon an das Opfersein gewöhnt hatte, das mit Lachen endete, die arme Concepción, die einfach »Concha« genannt wurde.

Conchas Vater war zum Zeitpunkt der Geburt nicht mehr auffindbar, und die Mutter brachte zeitlebens nicht die Mühe auf, nach ihm zu forschen. In ahnungsloser Naivität gab die Mutter ihrer Tochter den Vornamen »Concepción«, was so viel wie Empfängnis heißt und in sarkastischer Doppeldeutigkeit zu Conchas Schicksal stand.

Empfangen hatte sie seit ihrer Kindheit schon viel Unangenehmes, weil sie - wie gesagt - unfähig war, Übles abzulenken. Aber das, was sie wirklich hätte gern empfangen wollen und mit ihren neunzehn Jahren schon überfällig war - nämlich einen Geliebten und Familienglück, blieb ihr bisher verwehrt.

So wurde die Sehnsucht nach einem Mann ihr ständiger Begleiter, bis sie eines Abends von einem »Amigo«, der gerade von seiner Arbeit heimging und den sie freundlich gegrüßt hatte, ein Stück Weges bis zu seinem Haus mitgenommen wurde. Ja, er lud sie sogar ein hereinzukommen, und an jenem Abend ging sie zum ersten Mal mit einem Mann ins Bett. Er strich ihr die Oberschenkel entlang, und als er bei ihr keine Erregung spürte, erklärte er kurzerhand, dass sie sehr prüde und ängstlich sei und man mit ihr nichts anfangen könne.

Bei ihr aber hatte seine Berührung die Erinnerung an die Kinderspiele vom Fußsohlenkitzeln traumatisch hochgerufen, und sie wurde in diesem Moment von einer Lähmung, die sich im ganzen Körper ausbreitete, heimgesucht. Um nichts mehr zu empfinden, musste sie sich innerlich wie äußerlich steif machen. Als der Mann sie einfach heimschickte, war sie tief verletzt und gleichzeitig froh, dass sie vom Bett wie von einer schweren Operation aufstehen und sich zaghaft auf den Heimweg machen konnte.

Von ihrer »tía« hatte sie erfahren - und zu deren Ohren war es von einer anderen Tante gelangt –, dass man die heiratsfähigen Frauen im Dorf in dünnblättrige und dickblättrige Knollengewächse einteilte. Keinesfalls gehörte sie zu den sukkulenten Dickblattgewächsen, wie sie unten in der Lagune am Fluss wucherten, einmalig vom Klima in der Flusssenke begünstigt und dennoch ohne exotischen Reiz. Die Dünnblättrigen wie sie konnten keine Frucht austragen. Sie hätten Saugwarzen wie der Lebensbaum der Mayas. Der hätte vierhunderttausend. So wenigstens hatte ihr Großmutter erzählt. Diese gaben keine Milch, um Leben zu ernähren, das erst gar nicht in ihren Bauch gelangen konnte. Die Natur hatte ihnen eine andere Fortpflanzungsart beschert: Sie pflanzten sich unterirdisch in Knollen fort, ohne je Zugang zum Licht zu haben.

Im Dorf wurde Concha nicht sonderlich wahrgenommen, was ihr auch recht war. Man mied sie, weil klar war, dass sie zu den Dünnblättrigen gehörte. Deshalb lebte Concha allein in ihrer Hütte am Rande des Dorfes oberhalb des Flusses. Sie sorgte selbst für ihre Nahrung, die vom Reichtum des Flusses herrührte und aus den vielfältigen Früchten der Gegend bestand.

Die Geschichte mit dem »Amigo« lag nun schon sechs Jahre zurück, als doch noch eines Tages eine Wende in Conchas Leben eintrat. Ihr Neffe Alfredo, an den sie sich nur noch dunkel erinnerte, als er einmal mit seiner Mutter bei ihr gewesen war, kündigte mit einem Brief seinen Besuch an; die Stadt missfalle ihm, es ziehe ihn in das Dorf am Río Balsas, wo seine Tante allein lebe, der er gern helfen wolle und an die er sich gut erinnere von dem Besuch vor mindestens fünf Jahren mit seiner Mutter. Er war tatsächlich der einzige Verwandte, den Concepción kannte, der Sohn ihrer Schwester Juana, die, nachdem sie einen Mann aus Durango geheiratet hatte, diesem in den Norden Mexikos gefolgt war.

Alfredo war Lastenträger in Durango gewesen und musste mit seinen kaum siebzehn Jahren Säcke mit Bohnen und Mais durch die Straßen zu einer Mühle tragen. Manchmal war auch ein Kühlschrank dabei, den er auf dem Rücken von einer Wohnung in eine andere trug. Um diesem schweren Leben ein Ende zu setzen, entschloss er sich, die Stadt zu verlassen und Concha, seiner Tante, einen Brief zu schreiben in der Hoffnung, dass dieser ankommen würde und sie ihn lesen könne.

Es gab noch einen wichtigen anderen Grund, um aus der Stadt zu fliehen, den nur er kannte und den er unter keinen Umständen mitteilen wollte. Er hatte schnell aus Durango fliehen müssen, weil er einen Menschen umgebracht hatte, als er seinen Freund verteidigte. Seine einzige Verwandte war Concha, und so machte er sich kurzerhand auf den Weg zum Río Balsas, ohne auf die Antwort der Tante zu warten.

Concha war in der Tat nie zur Schule gegangen. Alles, was sie wusste, hatte sie entweder in der Natur beobachtet oder von Kindern an der Flussmündung gelernt... auch das Lesen und Schreiben ein bisschen.

Doch nachdem sie den Brief so ungefähr entziffert hatte, zerknitterte sie ihn und warf ihn weg.

Einmal am Tag kam ein alter, klappriger Lastwagen am Dorf vorbei, der zum Linienbus umgebaut worden war, und der die Leute aus Oaxaca, der Provinzhauptstadt, über die schmale, kurvenreiche Straße durch das Gebirge, immer den Fluss entlang bis zu dem Dorf an der Mündung in den Pazifik brachte. So kam es, dass Alfredo eines Tages vor ihrer Tür stand. Als Gastgeschenk brachte er seiner Tante eine Dose Kondensmilch mit, die er im Supermarkt in Durango schnell in seine Hosentasche hatte verschwinden lassen.

Als er vor der Hütte stand, und sie ihm ins Gesicht sah, überschlugen sich in ihr die Gefühle. Da war die Erfüllung des sehnlichsten Wunsches nach einem geliebten Menschen in ihrer Nähe und gleichzeitig die alte Angst vor Nähe. Sie ließ sich nichts anmerken, sondern wies ihm seine Ecke in der Hütte zu und räumte ihren eigenen Kram auf die andere Seite des Raumes.

Am Abend legten sie sich zu ihren Sachen nieder, und in der Hütte kam eine gewisse Behaglichkeit auf, die beide als wohltuend empfanden, obgleich sie sich letzten Endes fremd waren. Aber durch die gemeinsame Notlage fühlten sie sich auch zugleich verwandt, mehr noch als durch die Blutsbande.

Am frühen Morgen wachte Concha auf, um an ihr Tagwerk zu gehen. Das war meist schon um fünf Uhr. Es war eine Zeit, die Concha mochte. Zu dieser Stunde – so sagte früher ihre Großmutter – weilten unten am Fluss noch die Träume. Sobald sie aufgestanden war, ging sie hinunter, um Wasser zum Kochen zu holen. Dabei nahm sie jedesmal einen Stock mit, den sie alle paar Meter auf die Erde schlug, um die Schlangen zu verscheuchen, die sich über Nacht dort aufhielten. Wie immer fuhr sie sich auch heute, noch bevor sie aufstand, mit ihrer flachen Hand über den Körper, als wollte sie feststellen, dass er noch vorhanden, auch die Nacht hindurch nicht verloren gegangen war. Mit großem Entsetzen bemerkte sie plötzlich im unteren Körperbereich Auswucherungen wie angewachsene Saugwarzen, genau wie in Großmutters Erzählungen von Frauen, die keine Kinder hatten.

Sie stand auf und machte sich an die Arbeit, ohne den Knoten an ihrem Körper größere Aufmerksamkeit zu widmen. Doch jedesmal, wenn sie einen Schritt machte, musste sie sich daran erinnern. Sie führte das Auftauchen dieser schrecklichen Warzen auf die Ankunft des jungen Mannes zurück, verlor aber mit niemandem ein Wort darüber.

Das Zusammenleben mit ihrem Neffen verlief recht harmonisch. Er hatte schon Stecklinge von allen möglichen Fruchtbäumen aus der Umgebung geschnitten und sie in die Erde gesteckt, damit sie später das Grundstück, das er neben der Hütte umgegraben hatte, wie mit einem Zaun umgaben. Die abgeschnittenen Zweige zogen bald Wurzeln und trieben kleine Blättchen aus, weil es jeden Tag in den Sommermonaten schlagartig um drei anfing, wie aus Kübeln zu gießen. Mitten ins Pflanzstück legte der Neffe in die dunkelrote Urwalderde Maiskörner und Bohnen. So war die Lebensmittelversorgung für die beiden erst einmal gewährleistet. Concha wusch ihm seine Kleider unten auf den Steinen am Fluss und machte ihm

Tamales aus Maismehl, so wie er es von zu Hause gewohnt war.

Eines schönen Nachmittags näherte er sich ihr mit viel Zärtlichkeit in der Stimme: »Ay, Tantchen, bin ich nicht meiner Mutter, deiner Schwester, Sohn? Warum hast du mich denn nicht so richtig lieb?« Sie hatte ihn doch richtig lieb, sonst würde sie nicht täglich für ihn sorgen, ihm seine Kleider waschen, früh aufstehen, um ihm die Tortillas auf dem *Anafre* zu wärmen und die Bohnen frisch zu kochen. Für sich selbst hätte sie nur ein Viertel der Zeit zur Essenszubereitung gebraucht. Ein Mann – gerade ein junger Mensch, beansprucht eben mehr Fürsorge. Das sagte sie ihm auch, während er ihr seinen Arm um die Schulter gelegt hatte. Seine Hand begann, ihren Körper zu streicheln. Nicht lange dauerte es, bis sie unter ihrer Bluse verschwunden war. Concepcíon wurde zum ersten Mal in ihrem Leben so richtig wohl und behaglich ums Herz.

Da! plötzlich erinnerte sie sich an die Knoten in ihren Adern und an ihrem Leib. Sie schämte sich, wehrte die Hand ab und entzog sich seiner Umarmung. Entweder sagte sie ihm jetzt, was mit ihr war, oder sie rannte auf der Stelle weg, damit er ihren hässlichen Körper nicht zu Gesicht bekam. Kein Wunder, dass der Neffe erschrocken war über ihre Reaktion. Sanft fragte er, was mit ihr los sei. Sie fing an zu weinen. Doch zugleich spürte sie, wie sich die Knoten, die ihr bisher die Adern verstopften, durch die Tränen auflösten. Eine neue Kraft durchströmte ihren Leib und gelangte mit dem Tränenstrom in den Blutstrom ihres Körpers. Sie fühlte, wie sie von innen heraus lebendiger wurde und die Warzen aus ihrem Fleisch wichen. Immer stärker spürte sie, wie sie aufblühte. In der Hütte war es friedvoll und harmonisch geworden wie an einem heiligen Ort.

Beider Atem begegneten sich in der Stille, als plötzlich unten vom Fluss die Sirene eines ankommenden Schiffes ertönte. Die Schiffe legten in der Nähe an und entluden das Eisenmetall, das hier verarbeitet werden sollte, um danach über den Pazifik verfrachtet zu werden. Concha richtete sich auf und ging zur Tür hinüber, trat über die Türschwelle, ließ ihren

Blick über das von Alfredo gerodete Stückchen Erde hinunter zum Fluss gleiten.

Ihre Augen suchten das Meer. Sie rettete sich mit dem Blick in die Ferne, überlegte einen kurzen Augenblick, kam zu Alfredo zurück, streichelte ihm lieb über das Haar und sagte: »Adiós, ich muss abreisen. Du bist jetzt der Herr im Haus, bis ich wiederkomme. Doch nun will ich gehen, um eine andere, neue Welt kennen zu lernen, die ich schon immer suchte. Pass auf das Haus auf, bis ich eines Tages heimkehre.«

Das Armbändchen mit dem roten Blutstropfen

Ihr Blick konnte sich von dem Armbändchen, das sie seit einer Weile in der Hand hielt, nicht mehr lösen. Es hatte ihre ganze Aufmerksamkeit angezogen, seit sie es beim Aufräumen auf der Ablage im Bad gefunden hatte. Sie war der Meinung gewesen, dass sie es ihm damals geschenkt hatte, und nun fand sie es oben im Badezimmerschrank neben dem roten Lacklederschmuckkästchen auf dem alten Holzbrett. Aus Haaren geflochten... vierfach geflochten. Welche Mühe hatte sie sich damals gegeben.

Es mochten dreißig Jahre vergangen sein, seit sie eines Nachmittags auf den Dachboden gestiegen war und ihren abgeschnittenen, langen, schwarzen Zopf suchte. Mit dreizehn hatte sie ihrer Kindheit ein Ende setzen wollen und - wie alle Mädchen ihrer Klasse - einen kurz geschnittenen Pagenkopf gewollt. Sie hatte es aber nie fertig gebracht, den Zopf aus schönen, starken Haaren wegzuwerfen, und hatte ihn deshalb mit der alten Hornspange vom Fußboden des Friseurladens aufgehoben und daheim auf dem Dachboden verwahrt. Unterschwellig war ihr bewusst, dass dieser Zopf eines Tages in ihrem Leben wichtig werden würde.

Immer wieder ließ sie das Armbändchen durch die Finger gleiten und freute sich an den feinen goldenen Ringlein - an jedem Ende eins. Eins hatte die Form einer liegenden Acht, in das sich das andere Ringlein schmiegte und den Kreis schloss. Beide waren je an ein Hütchen aus Silber geschmiedet, das am Anfang und am Ende des Armbändchens die gebündelten Haare zusammenhielt und obendrein noch einem rund geschliffenen, dunkelroten Granat Halt gab. Dieser war der Blutstropfen, der in das weiße Laken eindrang, wenn der Mann des Nachts zu ihr kam und weinte, weil er sie liebte und Kinder machen wollte, doch statt des Samens der Blutstropfen hervorquoll. Morgens wusch sie den Blutfleck mit Salz aus dem Leinentuch, trocknete, ob Sommer oder Winter, die nasse Stelle mit dem Bügeleisen und bezog das Bett von Neuem. Seit damals strich sie, nun schon zwanzig Jahre lang, mit einer äußerst liebevollen Geste ihrer rechten Hand das Betttuch glatt. Das tat sie, weil sie den Schmerz spürte und in dem weißen Leinentuch noch immer den roten Blutfleck sah.

Irgendwann hatte sie sich ein Kissen unter das Kleid gesteckt und wollte auch einen dicken Bauch haben wie die Frauen im Dorf, und abends wollte sie sein erwartungsvolles Gesicht sehen. Gott sei Dank, dass er Europäer war und nicht einer der Ihren. Man konnte mit ihm allerhand Unsinn anstellen. Sie erinnerte sich an Felicitas mit ihrer Leidensgeschichte. Sie hatte drunten im Dorf hinter dem Bahndamm gelebt, der vor ungefähr hundert Jahren quer über das Land gebaut worden war. Felicitas, deren Mann immer auf sie einschlug, wenn wieder ein Monat vergangen war und sie keinen dicken Bauch bekam, band sich irgendwann ein Kissen über ihren Leib, wurde aber von ihrem Mann trotzdem geschlagen. Aus Gram starb sie dann bald. Sie hatte nicht mehr in ihr Elternhaus zurück gedurft. Er aber hatte danach schnell ihre Freundin geheiratet.

Für sie war es zum Ritual geworden, morgens das Betttuch zu streicheln, als würde ein Kind darin liegen und sie anlächeln. Als er dann für immer zurück nach Europa gegangen war, um sein Glück bei einer anderen zu suchen, hatte sie Morgen für Morgen weiterhin über das Leinentuch streichen müssen. Doch seit gestern kam es ihr vor, als sei es ein Leichentuch, ein weißes Leichentuch. Sie spürte die Kälte in den Beinen von unten her hochkriechen und die Tränen unter den Lidern, die nicht geweint werden konnten, und die Wut, die ihr den Mund verschloss, aber die Beine antrieb zum Hin- und Herlaufen. Nur, damit sie die Wärme wieder spüren konnte, die ihr abhanden gekommen war, musste sie diesem und jenem nachrennen und sich in Bewegung halten. Es war ihr klar, dass sie eines Tages, wenn sie nicht mehr hin- und herrennen würde und auch keinen fand, der ihr die Beine warm streichelte, gelähmt den Tod erwarten müsse.

Sie fand das Armbändchen noch immer wunderschön und legte es um ihr linkes Armgelenk. »Viel zu weit!«, dachte sie. Beinahe wäre es über den Handrücken abgeglitten.

Nun, es war ja auch für ihn gedacht gewesen, und er hatte stärkere Handgelenke als sie. »Hatte er überhaupt einmal das Bändchen umgelegt?« »Umgelegt?« – das war ja auch der Grund, warum er es nicht annahm und es ihr wieder zurückgegeben hatte, damals vor dreißig Jahren. Er wollte sich mit einem solchen Band nicht fesseln lassen... schon gar nicht, weil er sich der Aggressionen gegen sie bewusst war und lieber das Weite suchte, als eine Ehetragödie heraufzubeschwören. Ja, man las damals so einiges in der Zeitung...

Er hatte sich mit keinem Band fesseln lassen wollen. Wenn sie daran dachte, kehrte der Schmerz zurück, und sie hätte schreien können. Aber ihr Mund blieb stumm und ihr Gesicht liebenswürdig. Nur tief in ihrem Innern gab es ein Reißen, und im Leib brach wieder der Spalt auf, wie mit einer Axt hineingeschlagen. »Auf keinen Fall jetzt eine Szene!«, sagte ihre innere Stimme. Ihre Augen folgten ihm, als er »Tschüss« rief, so nebenbei, mit den Gedanken schon im Auto.

Als er weg war, fühlte sie Übelkeit in sich aufsteigen. Alles krampfte sich in ihr zusammen. Unkontrolliert lief sie von einem Zimmer ins andere und merkte, dass sie nichts fühlte – ein seltsames Erlebnis der Fremde, das immer mehr Besitz von ihr nahm. Sie wusste nicht, was sie mit sich anfangen sollte, nichts konnte sie trösten. Heute abend würde er sich nicht mehr neben sie legen. »Überhaupt nicht mehr«, kam ihr in den Sinn. Sie war wie gelähmt, sich selbst fremd und litt dennoch wie ein Tier.

Im Zustand äußerster Erregung und großen Verlorenseins kam ihr wie ein Traum von weit her der Zopf in den Sinn. Sie erinnerte sich und zog entschlossen mit einem Stock die ausklappbare Leiter zum Dachboden von der Decke herab. Diese kreischte laut, als wolle sie ihr zeigen, wie man den Mund aufmacht. Flink stieg sie auf den Boden und fand recht schnell den Zopf. Die Idee war geboren: Sie wollte ihm aus ihren Haaren ein Armbändchen flechten, um damit die Zeit des Wartens zu überwinden. Die Vorstellung, dass er sich darüber freuen würde, ließ sie erst einmal vergessen, wie er sich mit der viel jüngeren Freundin vergnügte.

Als sie mit dem Flechten begann, war es ihr, als ordnete sich ihre Verwirrung mit dem Glattziehen der Haare in vier dünne, lange Strähnen, die sich ineinander verwoben. Sie freute sich an den kleinen Bögen aus Haaren, auf die sich das Licht des Nachmittags mit einem feinen, seidigen Glanz legte. Rasch war sie fertig. Nun sollte die Hauptarbeit geschehen: die Haare mussten an beiden Enden gebündelt werden, außerdem sollte noch ein Verschluss an den Enden angebracht werden, damit das Armbändchen auch verschließbar werde.

Kurzerhand fuhr sie in die Stadt zu einer begabten Schmuckmacherin. Diese machte ihr das Bändchen sogleich fertig, nachdem sie verstanden hatte, worum es ging. Die beiden Frauen fühlten von Anfang an Sympathie zueinander. Die Schmuckmacherin wollte ihr helfen, das hatte sie sofort gespürt, weil sie ihre angefangene Arbeit liegen ließ und sich ganz dem Armbändchen widmete. Sie war ihr gewogen, sei es, weil ihr die Idee mit den Haaren gefiel oder - was sie eher annahm - dass sie mit ihr aus irgendeinem tiefen Grund litt.

Der Mann kam noch einmal heim. Sie legte ihm das Haarbändchen auf das kleine Tischchen neben dem Bett, dort, wo er immer seine Uhr hinlegte und den Ehering dazu. Sie platzierte das Bändchen so, dass es ihm in die Augen stechen musste. Außerdem legten sich die letzten Lichtstrahlen des Tages auf das helle Gold des Ringverschlusses und funkelten in den unzähligen achteckigen Facetten des roten Granats, sodass der Ehemann das schmucke Armbändchen nicht übersehen konnte. Er nahm es in die Hand, betrachtete es und würdigte es. Dann wandte er den Blick davon ab und gab ihr das Armbändchen mit den Worten zurück: »So lasse ich mich nicht fesseln!«

Nun erst erkannte sie die Kehrseite ihres Geschenks: Handfesseln der Gefangenen legten sich auch um Armgelenke. Ihre Augen weiteten sich, und sie erkannte Zusammenhänge, die sie vorher nicht wahrgenommen hatte. In Wirklichkeit wollte sie ihn ja auch fesseln, ganz an sich binden für immer und ewig. Sie legte den Kopf in den Nacken. Es war ihr klar, dass er gehen würde. Er war nur noch einmal zurückgekommen, um seine Sachen zu packen und endgültig zu gehen. Und sie?

Nach vielen Jahren kam er aus Europa als alter Mann zurück. Er hatte andere Frauen gehabt und mit ihnen gelebt, doch jetzt wollte er ohne Frau noch einmal in Mexiko anfangen. Er hatte sie, die erste, nie vergessen. Drüben hatte er seine Großmutter beerdigt und die verwirrte Mutter bis zum Schluss versorgt. Sie wollte sich nicht unter die Erde bringen lassen und hatte schon sehr früh festgelegt, dass ihre Asche im Meer verstreut werden solle. So streute man ihre Asche in den Seewind, und irgendwann kam ein Totenkranz mit ihrem Namen und ihrer Adresse an den Nordseestrand geschwommen. Er solle ihn abholen, hatten ihm die Leute geschrieben, die den Kranz gefunden hatten.

Er kam auch und holte ihn, nahm ihn mit nach Mittelamerika, legte ihn auf seinen Balkon. Zuerst schwirrten die Colibris um ihn herum, standen in der Luft, um die Stimme zu hören, die in dem trockenen Laubwerk säuselte, die Stimme, die im Leben von niemandem ernst genommen worden war – nun aber von den kleinen Honigschleckern gehört und beantwortet wurde. Bald kamen in ihrem Gefolge die gelben Schmetterlinge. In Scharen setzten sie sich auf das Balkongeländer und die Wäscheleinen. Auch sie hielten Zwiesprache mit der Stimme im Kranz der toten Mutter.

Er wunderte sich über die vielen Vögel und Schmetterlinge auf seinem Balkon, ging aber jeden Tag fleißig ins Geschäft, um mit der Arbeit seine Seele zu beruhigen. Die Haushälterin, eine alte Otomie aus der Sierra von Puebla, deren Vorfahren in früheren Zeiten den spanischen Konquistadoren heftigen Widerstand geleistet hatten – diese Alte wusste um die Vögel und die Sprache der Schmetterlinge. Sie verscheuchte sie keinesfalls, nahm auch den Kranz nicht weg. Es war auffällig, wie stumm und nach innen gewandt sie war. Sie tat ihre Arbeit und sprach mit dem Señor über das Wetter und die Preise auf dem Markt. Als der Herr aber bald danach über Herzstechen klagte und immer schlechter Luft bekam, riet ihm die alte Frau, er solle sich aufmachen zu dem Ort, wo er früher mit seiner Frau gewohnt hatte, die dort noch lebe und ihn immer noch liebe. Um seine treue Hausangestellte solle er sich keine Gedanken machen. Sie werde auf ihre alten Tage zu ihrem Otomie-Dorf aufbrechen und für ihre Hände auch Arbeit finden.

Einige Zeit war vergangen, und jedesmal, wenn sie samstags das Bad putzte, fiel ihr das Armbändchen aus Haaren in die Hände. Dann legte sie es beim Abwischen der Ablage vor dem Spiegel auf das Schmucktellerchen und liebkoste es wie früher das Leinentuch, indem sie an den glatt geflochtenen Haarsträhnchen entlangstrich und ihm - ihrem Mann - einen guten Gedanken schickte. Im Innern hatte sie die Gewissheit, dass er wiederkommen würde.

Und so geschah es auch, nun war er wieder da. Er hatte geklingelt, und sie hatte ihm geholfen, die Koffer hereinzutragen, weil er kaum Luft bekam. Dabei hatte sie mit ihrer linken Hand seine kalte Hand berührt. Jetzt hatte sie auch eine eiskalte Hand bekommen. Sie legte ihre linke in seine rechte Hand, und sie hielten sich an ihren kalten Händen fest und sehnten sich nach Wärme. Beide wussten, dass sie sterben mussten, wenn die Eiseskälte an das Herz gelangte. Sie gab ihm über ihre Hand Wärme ab, bis auch sie immer kälter wurde. Die Hoffnung, dass jemand käme, damit er Wärme in ihre Beine streichele, wurde immer geringer im Angesicht der aufsteigenden Kälte.

Auge in Auge

»Viva México«, rief sie und warf mit großer Lust den Pappbecher, aus dem sie gerade das letzte Cola getrunken hatte, nach hinten zu dem Dreck aus Zigarettenkippen, Plastiktellern, Papierfetzen und Essensresten.

»Viva México«, antworteten ihre Freunde, die mit ihr an der UNAM studierten und auch eine Kaffeepause gemacht hatten. Sie waren ihrem Beispiel gefolgt - Ausländer aus den USA, Dänemark, Belgien, Italien und Deutschland, aber auch Mexikaner, die offensichtlich ihren Spaß hatten an der mexikanischen Zwanglosigkeit im Umgang mit Dreck.

Juan - der Mexikaner aus Tlatelolco - stand in ihrer Runde und schmunzelte, weil er es gewesen war, der ihnen gezeigt hatte, was man in Mexiko mit einem leer getrunkenen Pappbecher tat.

Elisabeth hatte mit dem Schwung nach hinten wieder ein paar Ordnungsgebote ihrer Erziehung über Bord gefeuert. »Lerne Ordnung, übe sie, das erspart dir Zeit und ...«, na, du weißt schon, wie diese Sprüche enden. Solche Worte ihrer Mutter hatte sie so verinnerlicht, dass sie jedesmal, wenn sie in ihr hochkamen, mit doppelter Freude ihren Becher auf den Boden pfefferte. Das Sauberkeitsbewusstsein ihrer Familie und der vielen anderen Haushalte ihrer Heimat musste von ihr immer wieder aufs Neue niedergeschmettert werden.

So hatte sie sich hier in Mexiko - Gott sei Dank! - auf ein neues Verhältnis zu Ordnung und Schmutz eingelassen. Dennoch erreichte sie nie die gleiche Selbstverständlichkeit im Umgang mit Abfall wie die Mexikaner. Immer noch war in dem Akt des Fallenlassens zugleich das schlechte Gewissen zur Stelle, das am liebsten einen Besen geholt und mit Wonne und Ergebenheit den Dreck aufgekehrt hätte, um dann mit der Ruhe aller Samstagnachmittage, wenn die Arbeit getan war, auf das geleistete Stück Arbeit herabzusehen.

Bilder von früher kamen ihr in den Sinn: die alte Anna, die, wenn die Straße gefegt, und die Küche gescheuert war, der gesamten Familie auf der Eckbank um den Küchentisch den Samstagsnachmittagskuchen aufteilte. Damals hatte Elisabeth vor der strengen Anna Angst, und sie hätte sich um alles in der Welt nicht getraut, auch nur einen Kuchenkrümel auf den frischblank gebohnerten Küchenboden fallen zu lassen. Und heute... hier im fremden Mexiko, wo man - so sagt man - für die »Augen der Schwiegermutter putzte«, fiel es ihr schwer, sich von den Ordnungsvorstellungen ihrer Kindheit zu befreien. Dann half ihr eine Tat wie soeben mit dem Pappbecher.

Andererseits war nicht zu leugnen, dass sie viel darum gegeben hätte, jetzt daheim auf der alten Eckbank in der Küche zu sitzen, vor sich einen duftenden Kaffee und ein Stück Kuchen. Diese Sehnsucht nach den Fleischtöpfen Ägyptens war eine Falle, wie sich herausstellte und gefährdete den Weg nach vorn. Blitzartig schoss es ihr durch den Kopf: »Nächsten Samstag lade ich meine mexikanischen Freunde zu Kaffee und Kuchen ein, und unser Zusammensein wird gemütlicher werden als früher zu Hause.«

War es nicht so, dass jede Nation in ihrer Koch- und Backkunst verborgene Wesensanteile ihrer Psyche offenbart?

Bestand nicht eine Beziehung zwischen dem Chili-Gewürz - jener scharfen Pfefferschote, die in Mexiko so beliebt ist und deren Feuer nach dem Genuss auf der Zunge am besten mit einem Tequila gelöscht wird - und dem feurigen mexikanischen Temperament, das es zum Vorschein bringt?

Oder ist vielleicht nicht im Mokka die Sinnesreizung des Orients versteckt?

Und wird nicht mit Kaffee und Kuchen Elisabeths geheimer Wunsch nach der sogenannten deutschen Gemütlichkeit und Heimat offenkundig?

»Kommst du nächsten Samstag mit zur Fiesta von Conchita und Don Porfirio? Ich kann dir sagen, in der ganzen Stadt macht niemand besser *Chili con carne* als Conchita. So gut wie sie kann das wirklich niemand.« Juan hatte Elisabeth schon eine Zeitlang gegenübergestanden und ihr ins Gesicht geschaut. Nun kam seine Frage an wie eine Antwort auf ihre Gedanken... Geradezu aufregend diese abwesenden Augen Elisabeths... So, als ob sie etwas in der Ferne suchten... Sehnsucht? Nein, in ihrem Fall musste es wohl Heimweh sein, denn man konnte sich doch in der Fremde nicht nach noch mehr Fremde sehnen.

Ihre Augen forderten ihn heraus. Sie ließen ihm keine Ruhe. Es war ihm, als hätte er sie seit jeher gesucht, diese strahlend blauen Augen. Und als hätte er sie schon ewig gekannt wie ein Stück Heimat, das verloren gegangen war und nun wiedergefunden wurde.

»Na, Elisabeth, was überlegst du? Komm doch einfach mit!« Beide standen sich gegenüber. Elisabeth konnte seinem Blick nicht standhalten. Sie schaute zu Boden und sagte wie zu sich selbst: »Ich wollte euch doch zu Kaffee und Kuchen einladen.«

Nun wurde Juans Stimme sehr lieb, sein Blick umfuhr ihre schlanke Figur...

»Aber Elisabeth, du bist doch jetzt bei uns und musst das mexikanische Essen kennen lernen: *Carnitas, Tacos* und *Mole,* und natürlich auch den *Tequila.*«

Beim letzten Wort glitt seine Zunge über seine Unterlippe, so dass schwer zu erraten war, ob er sich nun auf den *Tequila,* die *Carnitas* oder Elisabeths schöne Augen freute, wenn sie endlich strahlen würden beim Probieren all dieser exotischen Leckerbissen.

»Ja, ich komme mit zur Fiesta von Doña Conchita. - Kann ich in deinem Auto mitfahren?«

»Klar, um drei Uhr bin ich bei dir. Wohnst du noch in der Alta Vista 90, Apartment 4?«

»Ja, immer noch, aber ich will umziehen, näher an die Universität.«

»Also dann... adiós!«

Als er am Parkplatz zu seinem alten Volkswagen-Käfer ging, fand er, dass ihre Augen eine Weite hatten, die ihn entweder in einen tiefen Brunnen führten, von dem er nicht wusste, ob er hineinsteigen sollte, oder... ob sie der Himmel waren, der zum Fliegen hätte verführen können... Auf alle Fälle waren sie nicht ungefährlich, das war ihm bewusst. Sie gingen ihm nicht mehr aus dem Sinn, sie verfolgten ihn förmlich. Ja, er konnte es kaum erwarten, ihnen wieder zu begegnen. Es war fast schon ein Zwang, wieder in diese fremden, sprechenden Augen zu schauen. Sie hatten in ihm ein sanftes, warmes Feuer entzündet.

Er fuhr die Avenida Universidad hinunter, bog in die Bucareli ein, dann zur Reforma. Er fuhr ganz langsam auf der Avenida Reforma, weil - wie üblich - der Stau zu dieser Tageszeit nur ein schrittweises Vorwärtskommen erlaubte. Wegen der Hitze hatte er die Fenster heruntergekurbelt. Auch die Nachbarautos fuhren so. An der Ampel hörte er aus dem Radio des Fahrzeugs neben ihm den Hit »English eyes... ojos tan lindos«. Schon wieder waren sie da, die Augen.

Er bog nach rechts ab in Richtung Tlatelolco, wo er in einem der Hochhäuser am Platz der drei Kulturen wohnte. »Drei Kulturen« heißt der Platz, weil sich hier zum einen die Überreste des ehemaligen Marktplatzes des großen aztekischen Weltreichs befinden. Zum anderen steht dort aus frühester spanischer Kolonialzeit ein Palast, damals ein Kolleg für die indianischen Fürstensöhne, von dem spanischen Missionar Bernardino de Sahagun gleich nach der Eroberung gegründet, damit die mündlich überlieferten altmexikanischen Literaturzeugnisse lateinisch aufgeschrieben und erhalten blieben. Neben diesen historischen Zeugnissen früherer Epochen finden sich die Hochhäuser, aus denen 1968 vor den Olympischen Spielen die Polizei unter dem Kommando des damaligen Innenministers auf friedlich demonstrierende Studenten schoss und Hunderte tötete. Erst gestern wieder hatten sie eine mumifizierte Leiche aus einem der Fahrstuhlschächte der Hochhäuser geborgen.

Juan musste nicht lange nach einem Parkplatz suchen, fand einen in der grellen Mittagssonne, verriegelte sein Lenkrad mit einer Spezialsicherheitsvorrichtung am Kupplungspedal, verschloss das Auto mit größter Sorgfalt und schlängelte sich durch den Strom der Autos auf die andere Straßenseite in den Schatten. Im Hauseingang war es angenehm kühl. Schnell stieg er die Treppe hinauf in den dritten Stock. Er fühlte sich erschöpft, als er durch die Wohnungstür eintrat. Sofort ging er ins Bad.

Beim Händewaschen sah er wie üblich in den Spiegel. Das Gesicht, in das er blickte, war blass und fahl. Die Augen hatten große Ränder, so dass die schwarzen Pupillen mit den dunklen Schatten an zwei graue Trichteröffnungen erinnerten. Er ging ganz dicht an die Glasfläche, mit der Nase stupste er an das kalte Spiegelglas. Er suchte seine Augen. Das, was ihn da anstarrte, waren leere Höhlen. Ebenso erschien ihm das Gesicht wie eine Maske. Wie besessen suchte er seine Augen. Er trat ein Stück vom Spiegel zurück, und wieder erschien vor ihm die Maske... erschreckend, aber wahr: ein Totengesicht!

Er suchte Leben und Gefühl. Deshalb drückte er sich am Kinn einen Pickel auf, bis er den Schmerz spürte. Doch der andere - der seelische Schmerz, der immer da war, war größer. Was er sah, war ein altes Gesicht mit Falten und steilen Querrinnen, viel älter als er selbst. Das Gesicht schien ihn zu kennen. Auch er kannte es seit jeher. Doch bis jetzt hatte er immer daran vorbeigeschaut, wohl weil er Angst vor dem eigenen Antlitz hatte.

Immer noch suchte er auf der glatten Fläche vor sich seine lebendigen Augen. Er hielt Ausschau nach ihnen und hatte gleichzeitig Angst, sie zu entdecken. Beim Lachen hatten sie doch immer mitgelacht. So hatte er bis jetzt wenigstens geglaubt. Qualvoll lächelte er in den Spiegel. Dort erschien unvermutet das schmerzhafte Lächeln seiner Mutter, wenn sie eine seiner Lügengeschichten zufällig aufdeckte. Damals lächelte sie, weil sie den Schein wahren wollte. Unzweifelhaft waren dies die Augen seiner Mutter. Nun war es ihnen doch gelungen, ihn einzuholen. Mutters Lächeln und ihr Blick, Elisabeths Augen. Seine Gaunereien, die ihn nicht mehr cool sein ließen, führten ihn an eine wunde Stelle seiner Seele. Da stand seine Verlogenheit jener gleichbleibenden Muttergewissheit gegenüber.

Schlagartig wurde ihm klar, dass er, um seine eigenen Augen wieder zu finden, er sich zuerst in die seiner Mutter fallen lassen musste. Seine Gedanken wanderten weiter. Wie die seinen waren Elisabeths Augen hier in Mexiko auf der Flucht von zu Hause. Er wollte diese Augen kennenlernen und alles, was darin war. Er wollte sich tiefer in sie versenken und die Falltür zum eigenen Ich auftun. Im Spiegel vor ihm verwandelten sich seine Augen in Elisabeths Augen. Ein leichtes Schwindelgefühl bemächtigte sich seiner. Er bemerkte, dass das Wasser immer noch aus dem Wasserhahn floss. Schnell drehte er ihn zu, als wollte er noch etwas retten.

Das Fließen, der Spiegel, die Sonne hatten ihn in eine andere Welt entführt, aus der er langsam wieder auftauchte. Er liebte die Augen von Elisabeth, weil sie ihm seine alten Geschichten wiedergebracht hatten, ihm viel Bekanntes und auch Unbekanntes erzählten. Ob Mutter sich noch an seine Lügereien erinnerte? Wie würde sie heute lächeln, wenn er bei ihr in der Tür stände? Wie lange war es her, seit er seine Mutter nicht mehr gesehen hatte? Er war unsicher.

Plötzlich wusste er ganz sicher, dass er zu seiner Mutter ins Altersheim nach Tepepan fahren musste. Er wollte ihre Augen lächeln sehen. Er rannte die Treppe hinunter, schloss in größter Panik sein Auto auf, löste die Sicherheitsvorkehrung am Lenkrad, ließ den Motor an und fuhr Richtung Avenida Insurgentes Sur nach Tepepan.

Elisabeth hatte keine Lust, den Bus zu nehmen. Sie wollte von der Universität nach Hause laufen. Bewegung tat gut nach dem langen Sitzen. »Unterwegs kann ich immer noch den Bus nehmen, wenn ich müde werde«, dachte sie. Eingeschlossen in ihre Gedankenwelt, ging sie aus dem UNAM-Gelände auf die Avenida Insurgentes zu. Es war heiß. Die Sonne, der Staub, der zu dieser Tageszeit immer unerträglicher wurde, der Smog, die Autos, die sich neben ihr in einem nicht endenden Strom bewegten, die alten Bäume entlang der Insurgentes brachten Elisabeth nicht die Zerstreuung, die sie suchte, um sich selbst zu vergessen. Im Gegenteil: sie schloss sich immer mehr in ihre Welt ein. Die Mexikaner, die ihr begegneten und wie üblich jeder attraktiven Frau Anerkennung zuriefen – »ay, chula, qué guapa!« – brachten ihr Juan wieder in den Sinn. Juan war auch Mexikaner, aber kein so typischer Macho. Seine Augen waren zwar begehrlich, aber mehr noch geheimnisvoll und exotisch. War sie in Juan verliebt?

Sie schlenderte in Gedanken versunken weiter. Die ersten Häuser von San Angel waren schon in Sicht und die Busse voller als zu jeder anderen Tageszeit, weil die Menschen vom Markt in San Angel angelockt wurden. Aus den Tortilla-Bäckereien um den Markt herum quoll der Duft von frischen Tortillas. Elisabeth genoss den Duft. Der Brötchenduft zu Hause blieb auch immer in ihrer Nase. So verschieden die Düfte auch waren, der Genuss des Riechens war derselbe.

Sie ging weiter. Bettler sprachen sie an. Sie reagierte nicht. Üppige Auslagen standen im krassen Gegensatz zu der Armut vor den Läden: Bettlerinnen standen dort, ihre Kinder in Tragetücher gehüllt, eine Pappschachtel für die Spenden in der Hand.

Männer schufteten auf den umliegenden Neubauten. Sie schleppten Speis in alten Heringseimern auf dürren, braunen Schultern über ärmliche Gerüste ohne Geländer. Wohin Elisabeth auch schaute, ihr Blick traf auf das allgegenwärtige Elend.

Nun gelangte sie an den Teil der Avenida, wo die Auslagen immer verlockender wurden, mondäner und großzügiger.

Schuhe brauchte sie, neue Schuhe. Am Schaufenster von Canada-Shoes machte sie halt. Sie wollte sich ein Paar ansehen, die leicht und bequem waren. Sie näherte sich der Auslage. Als sie den Preis eines Paars Stoffschuhe in der Ecke des Schaufensters zu lesen versuchte, blieb ihr Blick an der Scheibe haften. Sie starrte auf ihr eigenes Gesicht. Große Augen schauten sie fremd an, der Mund stand halboffen, die Zähne ragten wie Grabsteine um ein offenes Grab. Das war nicht das Gesicht einer jungen Frau, vor allem nicht ihr Gesicht. Es war das Antlitz einer vom Überlebenskampf Ermüdeten. Elisabeth hörte nicht auf, sich dieses Gesicht anzuschauen. Es war ihr Schattengesicht. Mit der rechten Hand deckte sie auf der Glasscheibe den Mund zu, als wollte sie verhindern, dass er schrie. Sie konzentrierte sich auf die Augen: ihre Augen kalt, fremd, leblos, ohne Mitleid.

Mit all ihren Sinnen ließ sie sich in jenes Gesicht fallen. Lebendig machen wollte sie es, und sie streichelte mit den Fingern ihrer rechten Hand vorsichtig zitternd über das Glas. Sie liebkoste die Backenknochen, doch die Maske blieb starr und grinste verständnislos. Sie hauchte an die Scheibe, das Gesicht wurde unscharf. Schleier legten sich über die Fratze. Daneben entstand ein neues Gesicht, alt und verknöchert. So war sie oder so würde sie sein.

Tief erschrocken stand sie da an der Insurgentes Sur am Schaufenster der Canada-Schuhreklame: »Go West«. Weiter nach Westen als nach Mexiko konnte sie doch kaum gehen! Sie schaute in die untergehende Sonne. Ja dorthin wäre sie am liebsten aufgebrochen. Der mythologische Hintergrund der Schuh-Reklame war ihr nicht bekannt, dass alles Gehen letztlich im Westen, im Reich des Sonnenuntergangs endet. Bis jetzt hatte sie im Leben noch nicht richtig zu träumen gelernt. Sie hatte die verzaubernde Kraft der Illusion, die den grauen Schleier vom Alltag und auch vom Tod nimmt, noch nicht entdeckt. Gerade Mexiko war das Land, wo sie gut lernen konnte, mit Illusionen zu leben, denn – so heißt es in einem Lied – »das Leben ist traurig, wenn uns nicht eine Illusion noch bleibt«.

Auf einmal fühlte sie angenehme Wärme um ihre Hüften, und sie spürte es wohlig warm in ihrem Nacken. Das Blut schoss ihr ins Gesicht. Nein, jetzt träumte sie nicht. Juan hatte seine Arme um sie gelegt. Sie wusste es, ohne hinzuschauen. Sein Gesicht erschien neben ihrem im Schaufenster. Er hatte sie stehen sehen, als er an der Ampel warten musste. Das war kein Zufall!

Sie solle mitkommen zu seiner Mutter ins Altersheim. Er wolle sie als seine Freundin vorstellen, und Mutter solle sie kennen lernen. In beide Augenpaare wolle er blicken und sie lachen sehen.

Elisabeth beobachtete im Schaufenster, wie Juans Gesicht sich dem ihren näherte. Ihre Augen schmunzelten verschmitzt und begrüßten seine Augen freundlich. Sie fühlte seinen warmen Körper und genoss die Nähe. »Elisabeth, ich bin auf dem Weg zu meiner Mutter ins Altersheim, und ich wünsche mir, dass du mitkommst.«

Innig an ihn geschmiegt, stand sie da und merkte, wie sie glücklich war, und er sah, wie in ihre blauen Augen das Leben zurückkehrte.

Die vierte Himmelsrichtung trifft

»Weiter«, sagte das Kind zu der Frau, die sich mit ihm auf die Kokosmatte gesetzt hatte. »Und was geschah dann mit dem kleinen Mädchen?«

»Ja«, entgegnete die Frau, »das Kind wurde älter, ein Schulmädchen, eine junge Frau, eine Ehefrau und dann eine alte Frau mit Falten am Hals. Aber auch als alte Frau hatte sie noch ein Feuer in sich, das jeder, der mit ihr redete, spüren konnte. Es war das übermütige Kind in ihr, das sie all die Jahre hindurch in ihrem Herzen mit sich getragen hatte. Man musste ihr nur einige Sekunden in die Augen schauen, dann erkannte man diese lebendige Flamme in ihr.

Eines Tages traf sie nun – wie es das Schicksal so wollte – auf einen jungen Mann. Der machte sehr plumpe Bewegungen – weißt du, so wie der Frosch, als er die Marmortreppe im Schloss hochhüpfte... plitsch platsch, plitsch platsch.«

Dabei erhob sie sich und ahmte die patschigen Bewegungen des Frosches nach, dass das Kind lachen musste.

»Ich sage dir, seine Bewegungen waren so schwerfällig und von solch ungekünstelter Hingabe, dass er mir außerordentlich gut gefiel. Daraufhin nahm ich alte Frau mit Falten am Hals den jungen Frosch in mein Haus auf. Ich erzählte ihm Geschichten, denen er sehr hingebungsvoll zuhörte und zu denen er immer brav ›ja‹ sagte. Dies Betragen zog mich ungeheuerlich an.

Wenn ich ihm vom Rauschen des Seewindes in den Palmen der Karibik erzählte, dann sagte er ›jaaa‹, oder als ich ihm meinen Schreck über den zerplatzten Autoreifen mitten in der Wüste des Death Valley offenbarte, antwortete er ›jaaaa‹, und nachdem ich ihm vom Abspringen des eisernen Panzers erzählte, der jahrelang mein Herz eingeschnürt hatte, meinte er sachkundig: ›Da war eine Schraube locker.‹ Ich war keineswegs gekränkt, sondern noch begeisterter von dem jungen Mann: Wie man nur so frisch und natürlich reagieren konnte!, war mein einziges Argument.

Ich verliebte mich in seinen Körpergeruch und träumte des Nachts von seinen schönen Jaaaas. Ich nahm ihn auf meinen Erzählreisen mit und ließ den Sturm in der Sierra rauschen und das Meer an der Atlantikküste tosen. Ich erzählte von den abertausend Rhythmen und Klängen im Weltall, das sich uns als das unendliche Schweigen präsentiert und gar kein Schweigen ist, vom tiefklaren Sternenhimmel über dem Altiplano, von moosigen Wäldern und von fernen, fremden Menschen.

In meiner Begeisterung hatte ich gar nicht wahrgenommen, dass der junge Mann zwischen seinen Jaaas immer mal wieder ein bisschen eingeschlafen war. Dennoch musste er gut aufgepasst haben, denn nachts in seinen Träumen tobte tatsächlich einmal der Sturm, ein Feuer brach aus und verbrannte alles lichterloh, der Regen strömte in langen Fäden auf sein Bett, und die Steine stürzten nur so von der Zimmerdecke auf ihn herab.

Da bekam der junge Mann sehr große Angst. Er schimpfte auf die alte Hexe, weil er glaubte, dass sie ihm all den Unsegen geschickt hätte. Aufgebracht lief er die Treppe hinunter in die Küche und nahm in seiner Wut vier Messer aus der Schublade und schrie dabei laut: ›Das erste ist für den Norden, das zweite für den Süden, das dritte für den Osten und das vierte für...‹ «

Plötzlich sackte die alte Frau zusammen, und sie legte ihre Hände über Kreuz auf die Herzgegend. Sie hatte mit dem Erzählen aufgehört.

»Weiter, weiter«, drängelte das Kind. »Was machte er mit dem vierten Messer«?

»Morgen erzähle ich dir die Geschichte fertig, jetzt bin ich ein bisschen müde geworden.«

Sie hielt die beiden Hände über der Brust gekreuzt und schaute mit großen Augen zur Tür hinaus in die Ferne, die ihre Augen mitnahm.

Esmeraldas Krankheit

In der Abendkühle erklangen ihre Lieder nach dem schwülen Tag, und die Töne verbreiteten sich im Innenhof der *Manzana,* so dass die am Tage Mürrischen sanfter wurden und die Früchte unter dem alten Mangobaum inmitten des Hofes intensiver nach tropischer Verwesung rochen als am helllichten Tag. Voll Inbrunst und Sehnsucht führte sie ihre schöne Stimme in den Abendhof ein mit den Gesängen ihrer Heimat, die eigentlich Heimatlosigkeit war, weil sie seit Jahren in der Welt herumgereist war und in diesem Gebäude jetzt ihre Rastlosigkeit ein wenig untergebracht hatte, um sich wieder auf die Ferne einzustimmen, wenigstens in ihren allabendlichen Liedern, die sehnsüchtig und wunderbar zugleich waren.

Frau Esmeralda war die schon betagte Tochter eines sefardischen Juden und einer Mexikanerin aus dem Staate Jalisco. Der Vater hatte sie schon von Kindheit an die alten Lieder seines Volkes auf *ladino* gelehrt, der Sprache, die eine Verschmelzung von spanischen und hebräischen Sprachelementen darstellt, nicht zuletzt, weil er selbst Heimweh hatte nach seiner Kultur. Mit sonorer, schöner Altstimme besang sie balladenhaft menschliche Schicksale, und aus dem Althergebrachten verstand sie, für die Zukunft Prophezeihungen anzustimmen, die von den Hausbewohnern begierig aufgenommen wurden. Ihren schönen, braunen Hals, der die Stimme barg, konnte man nicht sehen, da sie ihre Gesänge immer erst abends anstimmte, wenn die Vögel zur Ruhe gekommen waren und die Guaven- und Mango-Düfte an den alten Hauswänden hochkrochen.

In der Erdgeschosswohnung lebte ein junger Mann mit seiner Großmutter, der jedesmal, wenn Esmeraldas Stimme erklang, heimlich ins Dunkel hinaustrat, sich an die Hauswand lehnte und die Klänge der Nacht mit der wunderbaren Frauenstimme in sich aufsaugte. So als hätte sie das gewusst, erklangen aus ihren Liedern Prophezeihungen, die in jedem von der Musik Ergriffenen das verlockende Spiel mit der Sehnsucht nach dem Vollkommenen, das sich immer nur in der Ferne findet, wachrief.

Der Junge an der Hauswand bezog alles, was Frau Esmeralda sang, auf sich, obwohl er die Bedeutung der Texte nur anhand der darin enthaltenen spanischen Wörter erahnen konnte, weil ihm das Hebräische fremd war. Trotzdem verstand er ihre Lieder, und er dachte, dass sie nur für ihn, ganz allein für ihn, sang.

Ihre Lieder weckten in ihm Phantasien, die er bisher nicht in sich gekannt hatte. Esmeralda sang, und ihre schöne Stimme verschmolz mit seinem Wunsch, sie zu sehen und anzurühren. Die Stimme sang von der »alma triste«, der schmerzenden Einsamkeit, und sie wurde aufgenommen von dem Duft der Orangenblüten unten im stockfinsternen Hof und an den Nachthimmel weitergereicht.

Dort erstrahlte sie im Sternenglanz wieder von Neuem.

Die Stimme fuhr fort zu singen von dem dunklen Blut der Vorfahren und ihrer arglosen Liebe zum anderen Geschlecht. Da kam von der Wand her, an der der Junge lehnte, ein tiefer Seufzer, seine Augen waren geschlossen, seine Wangen rot und sein Leib voll von glühendem Begehren. Und wieder war da der Gedanke, der sich an allen Abenden aufdrängte, wenn Señora Esmeralda mit tiefer Inbrunst sang: »Ich will zu ihr und sie anrühren, so wie sie mich von innen angerührt hat.« Er konnte kaum atmen, und wieder dachte er: »Sie ist zu alt.« Doch für alle Halbwüchsigen sind Erwachsene alt, und sogleich dachte er weiter: »Sie ist aber schön und singt wie eine Himmlische.«

Jetzt wünschte er sich, mehr Worte aus dieser fernen Sprache verstehen zu können, weil er den Gesang vollständig in sich aufnehmen wollte. Die Bilder aber, die sie hervorriefen, waren so lebendig und verbanden sich so mit seiner Welt, als wären sie schon immer zusammen gewesen und seit jeher eng vertraut miteinander.

»Ich muss zu ihr«, dachte er wieder. Und schon summte er ganz leise und vorsichtig einen Ton zu ihrer Melodie, die er noch nie gehört hatte, aber dennoch kannte, sehr harmonisch, ganz exakt auf ihre Melodie passend – zwei Stimmen vereint in einem Klang.

»Fernando«, rief sie, »komm doch ein bisschen zu mir hoch.«

Sie hatte ihn erkannt. Woher nur wusste sie seinen Namen? Er war also nicht unbemerkt an ihr vorbeigegangen.

Er stieg die Stufen des Hinterhauses hoch, da fing die Stimme schon wieder an zu singen: »Este amor apasionado...« Zögernd ging er weiter, weil er sich vor der Begegnung fürchtete, denn er wusste insgeheim, dass ein Traum zu Ende ging. Sie stand oben am Holzgeländer des Balkons und sang in die Nacht hinaus in Richtung Vollmond. Fernando blieb unbemerkt an die Wand gelehnt stehen und lauschte den vollen Tönen in einer sehr alten, phrygisch anmutenden Tonart, die sich mehr nach Moll als nach Dur anhörte. Esmeralda streckte ihre Hand nach ihm aus, und er ergriff sie, ohne zu zögern. Sie zog ihn an sich, nun standen beide nebeneinander auf dem Balkon, der rund um den Innenhof lief. Sie spürten ihre Körper und hörten ihr Blut rauschen.

Seitdem sie sich angeschaut hatten, waren beide verstummt. Sie lauschten nur noch ihren inneren Stimmen. Die Frau, aufgrund ihres Altersvorsprungs, beherrschte die Situation. Sie ließ sich bewusst zu den Gefühlen eines pubertierenden Mädchens hinreißen, weil dies der einzige Ausweg war, die in ihr tobende Sehnsucht zu besänftigen.

»Wir gehen nach drinnen«, sagte sie und öffnete mit ihrer rechten freien Hand die Tür.

Als er eintrat, war ihm nichts fremd, so als hätte er diesen Raum mit dieser Einrichtung bereits gekannt. Zwischen den Fenstern, die auf den Balkon hinausgingen, stand ein altes Sofa, davor ein feines Tischchen mit Intarsien. In der Ecke lehnte eine Gitarre. Ins Auge stechend in der Mitte das breite Bett.

Das Zimmer war düster. Esmeralda zündete dennoch kein Licht an, weil auf dem Tisch ein mexikanischer Lebensbaum aus Ton mit drei Kerzen brannte. Sie legte sich auf das Bett und deutete ihm an, sich neben sie zu setzen. Er gehorchte. Nun erzählte sie ihm von ihrer Sehnsucht heimzukehren; sie erzählte von der Sprache ihres Herzens - dem *ladino* - dem Judenspanisch, das hier in Mexiko von kaum jemandem verstanden werde, weil es aus spanischen und hebräischen Elementen bestehe, aber ihre Mutterprache sei. Sie berichtete von ihrem Schicksal, verlassen worden zu sein und der Einsamkeit, die um sie kreise. Doña Esmeralda, die verlassene, einsame Frau!

Ob Fernando schon etwas von der Gefährlichkeit des Silberfischs gehört hätte, der, wenn er einmal im Körper wäre, auch auf die Seele übergreife, einsam mache und stumm. Aus dieser Angst heraus singe sie voller Inbrunst jeden Abend gegen die Dunkelheit an, weil sie fühle, dass der Silberfisch bereits dabei sei, von ihrer Seele Besitz zu ergreifen.

Der junge Mann hatte noch nichts von der krankmachenden Wirkung des Silberfisches gehört. Aber er konnte sich gut in ihre Angst einspüren, weil er ja ihre Melodien verstand, so als wären sie seine eigenen, und er fragte beklommen, ob die Silberfischkrankheit ansteckend sei. Sie konnte ihm keine eindeutige Antwort geben, signalisierte ihm aber, sich neben sie zu legen. Er streckte sich neben sie auf das Bett und spürte in sich ein ungestümes Verlangen, ihre Brüste zu streicheln. Dem gab er nach, weil er wusste, dass sie es auch wünschte. Er berührte sie mit so viel Zärtlichkeit und Feinheit, dass es ihr nicht schwer fiel, sich ihm ganz hinzugeben.

Von nun an ging er jeden Abend, wenn ihre Stimme erklang, hoch zu ihr, und sie liebten sich innig und heiß.

An einem Tag im Februar erklang ihre Stimme nicht mehr vom Balkon. Fernando stürzte die Treppe hoch, weil er der Meinung war, dass der Silberfisch sie stumm gemacht habe. Als er in das Zimmer trat, lag Doña Esmeralda auf dem Bett und deutete ihm an, das weiße Kleid aus dem Schrank zu holen und es ihr anzuziehen, dazu die silbernen Schuhe, die unten im Schrank ständen. Er tat alles, wie sie es sich wünschte. Dann sagte sie, er solle sie noch einmal auf den Mund küssen und weggehen und nicht mehr nach ihr schauen, da sie nun alleine weitergehen müsse.

Obwohl Fernando gewohnt war zu gehorchen, fiel es ihm schwer, den zweiten Teil ihres Wunsches zu erfüllen. Aber er tat, was sie von ihm wollte, denn er liebte sie sehr. Er zog aus dem Haus, um das geheimnisvolle Land zu suchen, das ihn mit ihr verband. Mit keinem Gedanken kümmerte er sich um die Großmutter. Seine Gitarre aber nahm er mit. Und wenn er abends auf den Dorfplätzen ausruhte, nahm er sie zur Hand und begleitete mit warmen Akkorden Esmeraldas Lieder, die auf diese Weise weiterlebten und in den Herzen der Menschen, die ihm zuhörten, eine Heimat fanden.

Am Palmenstrand von Puerto Escondido

Draußen ist helllichter Tag. Das Meer fängt die blanken Sonnenstrahlen auf und schickt sie mit den Wellen glitzernd an den Strand. Dort geben sie ihr Leuchten nicht ab, sondern funkeln in den zahllosen Sandkristallen am Ufer weiter. Am Morgen kann man noch ein wenig die Frische spüren, die der Ozean mitbringt.

In der Bretterhütte, mit einem Palmdach bedeckt, ist es schummrig. Durch das scheibenlose Fensterloch und die Türöffnung dringt mit dem Licht eine kleine Brise herein. Eine ältere, magere Frau mit brauner Haut sitzt auf einem erhöhten Holzgestell - erhöht wegen der Skorpione, die es hier am Strand in großer Zahl gibt. Eine bunt gemusterte Baumwolldecke liegt über ihren Füßen. In der Hand hält sie ein Gläschen mit Alkohol, den ihr die Tochter heute morgen in der Stadt besorgt hat. Die Alte liebt den Branntwein, weil er ihr die äußerlichen und die innerlichen Schmerzen wegnimmt.

Eine schlanke Frau aus Europa kommt herein und lässt sich neben der Alten nieder. Die Weite des Strandes, auf der immer spürbarer die Hitze lastet, die die Luft über dem Sand leicht zum Zittern bringt, überträgt sich im Raum auf die Gefühle der beiden Frauen, die füreinander aufkeimen. Sie schweigen. Immer schon hatte sich die Fremde aus Europa nach der Vertrautheit einer solchen Atmosphäre gesehnt. Nun sitzt sie still da und freut sich mit der Alten, inmitten einer gewaltig-großen Natur allein zu sein, von keinem Menschen gestört.

Die Wellen am Ufer werden aufgeregter. Sie kommen rascher an und krümmen sich leicht. Draußen auf dem Meer sieht man aus weiter Ferne Schiffe näher kommen. Sie werden schnell größer, und bald bauen sich am Strand vor der Hütte hohe Schiffskiele auf. Bedrohliche Segel nehmen die Hütte aus dem gleißenden Sonnenlicht heraus und belegen sie mit düsterem Schatten. Ruhig, ohne zu schaukeln und umzufallen, liegen die Schiffe in dem seichten Wasser. Sie warten, verbreiten Schatten und tragen ein undurchschaubares Geheimnis in sich. Nichts regt sich - keine Menschenseele ist zu sehen, niemand steigt aus oder kündigt sich an.

Lupita - die einzige Tochter der Alten - tritt in die Hütte. So als ob sie schon immer die Ankunft dieser Schiffe erwartet hätte, packt sie mit sicheren Griffen die Sachen der Alten zusammen, verschnürt sie zu einem Bündel, steckt seitlich noch die Schnapsflasche hinein und überlässt das Bündel mit der alten Frau der Fremden. Ohne viel Zeit zu verlieren, erklärt sie mit knappen Worten, dass sie noch ein Haus am Meer hätten in der weiter entfernt gelegenen Stadt; dorthin solle die Frau aus Europa die Alte bringen.

Die Fremde wundert sich, dass die, die sie so arm eingeschätzt hatte, nun noch ein weiteres Haus am Meer haben sollen. Doch keine Fragen werden geduldet, sie macht sich mit der Alten auf den Weg. Nach der Adresse des zweiten Hauses zu fragen, hat sie in der Eile vergessen. Mit der dumpfen Gefasstheit, die sie hier gelernt hat, vertraut sie jedoch darauf, das Haus zu finden.

Das Haus am Meer in der Stadt bedeckt die gleiche Fläche wie die Holzhütte am Strand, ist aber aus Stein erbaut mit weißen, hellen Wänden. In der Mitte des Raums steht wiederum als einziger Einrichtungsgegenstand das erhöhte Ruhelager. Auf dieses breitet die Fremde das bunt gewebte Baumwolltuch aus und hebt die alte Frau vorsichtig darauf. Auch sie selbst ist erschöpft, weil sie unterwegs die Alte mehrmals tragen musste, als diese von Kräften kam. So legt sie sich neben die Alte und schläft ebenfalls gleich ein.

Sie liegt wie auf Wolken aus weichen, kleinen Federchen. Von unten kriecht ein wohltuendes, warmes Gefühl in ihrem

Körper hoch und breitet sich während des Schlafs nach allen Seiten hin aus. Immer wieder neu steigt eine Welle dieses verborgenen Glücks in ihr hoch - ähnlich den Wellen am Strand - und verströmt Ruhe und Harmonie. Das Wohlbehagen in ihrem Leib wird stärker. Immer häufiger dringt die Atemwelle zu ihr vor und bringt ihr außer Frieden auch Licht - ekstatisches, weißes Licht -, das all ihre Traumbilder in Vollmondhelle eintaucht, in eine silbern-weiße Helligkeit, die sie vor Tagen schon einmal am tropischen Nachthimmel erlebt hatte.

Sie schlägt die Augen auf und schaut in das runde Gesicht der Alten, die über sie gebeugt sitzt und in einem bestimmten Rhythmus mit einem zarten, feinen Federwedel ihren Leib berührt. Manchmal unterbricht sie ihre Handlung und legt die flache Hand auf den Körper der Europäerin, so als ob sie diese trösten wolle. Die Alte schaut in das fragende Gesicht der jungen Frau und sagt: »Eben habe ich dich in das Geheimnis unseres Stammes eingeweiht, diese Initiation soll den Unglücklichen wieder zu Kraft verhelfen. Es werden Menschen nahen, die uns dieses Glück streitig machen wollen. Dann hast du es aber erfahren und bist jetzt eine von uns.«

Der Fremden erschien dies alles so bekannt, als hätte sie schon einmal in frühen Kinderjahren ein ähnliches Ahnen von Glück in sich wahrgenommen. Auch das gütige Gesicht der alten Frau schien ihr von jeher bekannt.

Beide dürfen nicht im Steinhaus am Meer bleiben, sie müssen zurückkehren in die Palmhütte am Strand, damit sie sehen, wie sich erfüllt, was sie schon lange geahnt und befürchtet hatten. Die Hütte ist keineswegs mehr der ruhige, harmonische Ort. Sie gleicht einem Umschlaghafen von Handelsgütern. Überall stehen Kisten und Pakete herum, die von fleißigen Arbeitern herangetragen werden. Sie entladen das Schiff. Türme von Kästen bauen sich im Inneren der Hütte auf. Die Sonnenstrahlen, die durch das Fenster eindringen, können nur noch an den Kisten vorbei einen Weg suchen.

Vom Schiff her nähert sich der Hütte eine weißhäutige blonde Frau mit zerfurchtem, strengen Gesicht und kurzem, gelocktem Haar. Sie nimmt auf ihrem Weg über den Strand alle fröhlich und nackt herumlaufenden Kinder mit, die ihr teils aus Neugierde, teils auf Ermahnungen hin folgen. Dicht umdrängt von den Kindern steht sie nun inmitten der Hütte mit ihren weißen Söckchen in Jesus-Sandalen. Sofort macht sie der alten und der jungen Frau Vorwürfe über den Zustand der Kinder: Warum sie nicht gekleidet seien, warum sie Zahnlücken hätten, warum sie so schmutzig seien... warum keine Toilette da sei, warum?... warum?... warum? Man müsse die Kisten auspacken, Medizin herausholen, die Kinder waschen, kleiden, impfen...

Alsbald macht sie sich daran, die Kästen aufzureißen und die kleinen Nackedeie in Kleider zu zwängen. Die Kinder wehren sich und schreien wild. Soldaten vom Schiff kommen und bändigen sie. Es entsteht ein turbulentes Durcheinander.

Große Angst überfällt die junge Frau – mehr noch: Ekel und Widerwillen empfindet sie, wenn sie in das Gesicht der ehrgeizigen Weißen guckt. Aber das muss sie, weil auch sie gezwungen wird, deren Befehle entgegenzunehmen und auszuführen.

So kam mit einem Menschen die Hölle in das kleine Paradies am Palmenstrand von Puerto Escondido.

Am Rio Lacaná

Seit geraumer Zeit schon wohnt ein Flusskrebs am Ufer des alten Maya-Flusses Lacaná einsam in seinem Sandloch, dort wo Kayum, der letzte Maya-Nachkomme mit seinen Frauen lebt, und wo allabendlich der Mond über deren Hütte, den Rohrkolben und den Binsen am Himmel aufgeht.

An Neumondtagen reckt das Krebslein sehnsuchtsvoll seine beige-braunen Scheren gen Himmel zu der Stelle, wo der Mond gestern noch stand, und dabei steigen Träume, unendlich bunte Träume von fernen Ländern, schönen Menschen und Paradiesvögeln in ihm auf. Wenn dann endlich der Mond wieder aus den Wolken kommt, werden seine runden Äuglein noch runder und funkeln wie zwei Leuchtkäfer im Juni. Dann kommt es über ihn, und er nimmt seine Scheren, schlägt sie kräftig gegeneinander, wie zwei Stangen, die der Wind gegeneinandertreibt.

Das klappert recht laut, so dass der Klang in der stillen, dunken Nacht weithin erschallt. Ein kleiner, schwarzer Skorpion - einer von der ungefährlicheren Sorte, weil man in Mexiko sagt, dass die Hellen die Gefährlicheren seien - hört das Klappern und Klagen des Krebses schon eine ganze Weile. Jedesmal, wenn er es vernimmt, überkommt auch ihn eine ähnliche Sehnsucht, die in ihm den Drang, endlich einmal da drüben ans andere Ufer zu gelangen, stark werden lässt.

Nichts mehr hält ihn, zur Nachtstunde loszuziehen, dem Klang der klappernden Krebsscheren nach, in Richtung Westen. Endlich sieht er den Krebs im Mondschein sitzen, wie magisch gebannt den großen Mond anflehend, dabei kräftig mit den Scheren klappernd. Der Skorpion gesellt sich zu ihm und stimmt mit feiner Stimme seine Wüstenmelodie an. Zwischen beiden besteht schon lange eine Seelenverwandtschaft, von der sie nur noch nichts gewusst hatten, die aber lange halten soll.

Sie singen von ihrem früheren Leben und träumen von den Schätzen am anderen Ufer. Der Skorpion hat seinen Schwanz in den Sand gesteckt, und das Krebschen hält die Scheren eng und fest zusammen, damit man nicht sehen kann, wie sehr es ihm auch Spaß macht zu zwicken. So kann man meinen, es habe nur einen Finger zum Deuten. Aber, wenn es dann so voller Freude singt, merkt es gar nicht, wie sich die Schere öffnet und sich seiner Kontrolle entzieht. Doch dies ändert nichts an der Freundschaft zwischen den beiden.

In der Nacht singen sie gemeinsam den Mond und die Sterne an, am Tag die Sonne und den Regen. Seit sie zusammen sind, singen sie nur noch gemeinsam vom anderen Ufer, den Sternen, dem Mond und dem Firmament und sind glücklich. Sie verfolgen den Lauf der Sterne, und »Skorbio« gibt dem Krebs Unterricht in den Himmelsangelegenheiten.

So sagt er, dass jeder sein ureigenes Wesen und seine eigene Bestimmung habe, genau nach dem Minutenstand seiner Geburt. Die Sumpfdotterblume könne keine Rose werden, sie müsse ihr Dottersein wesenhaft vervollkommnen, damit sie die schönste und kräftigste Dotterblume werde, aber sie müsse auch wissen, dass sie nie eine Rose oder Lilie werden könne. Das leuchtet dem kleinen Krebs ein. Auch ein Tiger könne keine Ziege werden, weil er sein Tigersein ausleben müsse und nichts zu meckern habe. So sei alles in der Natur vom Wesen eines jeden her richtig gestaltet, und das Unheil komme nur, wenn einer sein Wesen nicht annehmen könne und sich ein anderes Leben wünsche.

Jeden Tag gibt der Skorpion dem Krebs eine Nachhilfestunde, und bald weiß der auch eine ganze Menge. Sie singen und klappern im Rhythmus mit den Wellen, erzählen sich Geschichten und werden gut Freund. Sie sprechen von den Geheimnissen der Erde und des Himmels, fasten zusammen, massieren sich den Buckel und tanzen miteinander. So ziehen sie auch noch andere in ihren Kreis.

Aber eines Tages haben sie genug von diesem Leben an jenem Ufer und wollen nicht mehr nur vom anderen Ufer träumen und singen, sondern es auch kennenlernen. Deshalb machen sie sich gemeinsam auf den Weg. Tagelang ziehen der Skorpion und der Krebs den Fluss entlang. Bis irgendwann der Skorpion sagt: »Wir müssen über den Fluss, sonst kommen wir nie ans andere Ufer.«

»Ja, aber wie wollen wir hinüberkommen, da weit und breit keiner da ist, der uns hinüberrudern könnte?«

»Hast recht«, stimmt der Skorpion zu, »aber du bist doch mit dem Element Wasser vertraut, du kannst schwimmen und mich auf deinen Rücken nehmen.«

Da besinnt sich der Krebs, drückt bedenklich seine runden Äuglein aus dem Kopf und sagt: »Ja, wenn das nicht wäre mit deinem Stachel...«

»Ach was«, beruhigt ihn der Skorpion, »dann muss ja auch ich sterben, weil ich nicht schwimmen kann. Außerdem haben wir eine so große Bewusstseinsveränderung erfahren durch den Umgang mit der Wahrheit, dass wir unseren Trieb beherrschen können.«

»Ja«, stimmt der Krebs zu, »wenn wir erst am anderen Ufer angekommen sind, sind wir sowieso erleuchtet.«

Die Bedenken sind beseitigt – wozu denn auch? –, der Skorpion setzt sich auf den Rücken des Krebses, und das Abenteuer geht los. Sie tauchen in die Wellen, das Wasser ist angenehm, das andere Ufer in Sicht. Sie ziehen dahin im Einklang mit der großen Natur, alles geht besser als erwartet. Hätte der kleine Krebs seine Scheren nicht zum Schwimmen gebraucht, hätte er sie vor Freude aneinanderschlagen mögen.

Sie hatten schon über die Hälfte der Flussbreite geschafft, als es plötzlich »gicks« machte. Der Krebs schrie auf: »Au, nun hast du doch gestochen, du hast nicht Wort gehalten, wie am Anfang verabredet, du hättest doch deinen Stachel noch ein wenig hüten können!«

»Ich konnte es nicht verhindern, das ist eben meine Art, und ich sag's dir noch einmal: ich kann es nicht lassen.«

»Du hast mir am Anfang ja immer gesagt, dass man aus

einer Butterblume keine Rose machen kann und aus einem Tiger kein Schaf«, stammelte der Krebs in größter Todesangst. »Wie konnte ich nur so dumm sein, dir zu vertrauen? Jetzt müssen wir beide untergehen und sterben, weil du ja nicht schwimmen kannst.«

Genau in diesem Augenblick erinnert sich der Krebs, dass der Skorpion einer von der dunklen Sorte ist, deren Stich ja nicht tödlich sein soll, und dass er – dem Wesen der Vorsehung entsprechend – dann auch nicht töten kann.

Die stumme Geschichte vor dem Wort

Stumm warteten sie in einer Riesenschlange abreisender Fluggäste mit dem Reisepass in der Hand und beobachteten durch die hohen Fensterglaswände der Abflughalle den Verkehr auf dem Flughafen. Die stumme Geschichte ereignete sich in seinem Kopf, aus der Angst entstanden, die tagsüber links neben ihm stand und des Nachts auf ihm lag.

Die Angst machte ihn auf den Lastwagen mit der Aufschrift »Marriott« aufmerksam, der gerade rückwärts auf das Flugzeug zusteuerte, ein Lieferwagen, der zig-mal am Tage die Flugzeuge aus aller Welt mit Frühstück, Mittag- und Abendessen für die Passagiere belieferte. In seinen zwanghaften Vorstellungen konnte der Wagen, der in seiner Rückwärtsbewegung viel zu schnell war, nicht mehr gebremst werden, so dass das Fahrzeug mit den so auffälligen weißen Buchstaben M A R R I O T T auf dunkelblauem Untergrund direkt auf unsere Maschine zusteuerte und ein verhängnisvoll großes Loch hineinstieß, durch das der Wind in den Innenraum des Flugzeugs einströmte. In einem heftigen Sog ergriff der Gegenwind ihn mit seiner hageren, leichten Gestalt - so waren seine Angstphantasien - und zog ihn hinaus ins Weltall, wo er wie ein Trabant die Erde umkreisen müsste.

Derart waren seine Gedanken in der langen Schlange der eincheckenden Fluggäste vor dem Abfertigungsschalter der Luftfahrtgesellschaft. Es waren Gedanken, die er versuchte abzuwehren, die aber immer wieder kamen, als plötzlich ein Aufschrei durch die Menge ging, und er sich mit den erlösenden Worten »also doch!« den Unfall bestätigte, der sich soeben draußen auf dem Flugplatz ereignet hatte, genau wie er sich in seiner stummen Geschichte kurz zuvor in seinem Kopf zugetragen hatte.

Das Ergebnis war folgenschwerer als zunächst angenommen. Es folgte eine mindestens 48-stündige Wartezeit, nachdem mit dem Herkunftsland des Flugzeuges telefoniert worden war und die Fluggesellschaft beschlossen hatte, kein anderes Flugzeug zu schicken, das uns Passagiere hätte nach Europa bringen können, sondern das Loch in Mexiko reparieren zu lassen.

Es gab keine Transit-Papiere, die den Fluggästen noch einmal erlaubt hätten, nach draußen zu gehen. Also spielten sich die folgenden 48 Stunden im Transit-Raum auf dem Flughafen ab. Coca-Cola wurde gereicht und Sandwiches, dann noch eine Runde Coca-Cola und Sandwiches und noch eine... Ich weiß nicht mehr, wie viele Runden Coca-Cola mit Sandwiches schließlich angeboten wurden. Doch kann ich mich erinnern, dass hohe Stapel mit Käse- und Schinken-Sandwiches vor uns aufgeschichtet waren. Zu einem größeren Abendessen entschloss sich die Fluggesellschaft jedoch nicht, weil sie immer noch hoffte, dass jeden Augenblick das Fluggefährt wieder hergestellt und bereit sei zum Abflug.

Dem war aber nicht so, die Reparatur zog sich hin. Mittlerweile meldeten sich nacheinander alle Säuglinge in der Abflughalle heftig zu Wort, weil sie Hunger hatten. Es gab keine Milch oder Baby-Nahrung, um ihren Hunger zu stillen. Besonders schlimm wurde die Milchknappheit für eine junge Nonne, die aus ihrem Krankenhaus im Hochland von Oaxaca einen Säugling zur Adoption nach Deutschland überbringen sollte und für den Flug zwar einige Flaschen Milch vorbereitet hatte, die sich in ihrer Handtasche befunden hatten, gegen Ende der 48-stündigen Wartezeit aber aufgezehrt waren. Sicherlich war die Milch schon sauer gewesen, als das Kind den Rest an Vorrat trank. Das war in diesem schlecht belüfteten, überhitzten Transit-Raum durchaus kein Wunder. Auf jeden Fall schrie der Kleine herzerbärmlich. Man konnte nur mutmaßen, entweder vor Bauchschmerzen oder vor Hunger.

Inzwischen hatten die mexikanischen Mamas ihren Kleinen die Mäulchen mit ihren prallen Brüsten, die nacheinander unter der Bluse herausgeholt wurden, gestopft und die Kinder zufrieden gemacht. Die arme, dünne Nonne aber konnte nicht wie die anderen Mamas auf einen Milchvorrat in ihren schmalen Brüsten zurückgreifen. Sie beruhigte das Kleine vielmehr, indem sie ihm abwechselnd einen Daumen in den Mund steckte oder es mit Kinderverschen aufzuheitern versuchte. Sie war zu schüchtern, um etwas von den anderen im Raum zu erbitten. Das Dienstpersonal aber hatte sich längst aus dem Staub gemacht.

Es war unterdessen wieder Tag und wieder Nacht geworden, als es plötzlich hieß - man wollte den eigenen Ohren nicht trauen -, dass das Flugzeug repariert worden sei, die Crew aber in ganz Mexiko-Stadt nicht auffindbar wäre. Sicherlich sei sie schnell noch einmal an den Strand von Acapulco geflogen, man würde auch dort in allen Hotels von Rang nachfragen lassen.

Die Hoffnung war erneut gedämpft, und das Kindergeschrei schwoll an. Doch kaum hatten die meisten Passagiere die dösigen Augen wieder geschlossen, als über den Lautsprecher verkündet wurde, man solle an Bord gehen, die Mannschaft sei aufgetaucht. Die Mütter mit den Kindern hätten das Vorrecht und sollten sich als erste an Bord begeben.

Ich hatte die ganze Zeit kaum schlafen können, weil ich immerzu die zierliche Nonne mit dem Säugling anschauen musste. Das Kindchen hatte überhaupt keine Kraft mehr, weder zum Spielen noch zum Saugen. Es lag nur noch apathisch auf dem Arm der jungen Frau, die seine Mutter hätte sein können. Sein Kopf hing über dem Unterarm der Nonne herunter, und die Augen starrten weit aufgerissen an die Decke. Ich spürte die Panik in dieser frommen Frau und sah, wie sich ihre Lippen immer inbrünstiger beim Beten bewegten. In ihrer eigenen Zartheit hatte sie ihr Leben lang gelernt, mit den Schwachen zu fühlen, und instinktiv wusste sie nun - wie auch ich -, dass alle Kraft aufgebracht werden musste, um das Kind noch lebend hinüberzubringen.

In diesem Augenblick kamen mir die letzten Worte des Goethe-Gedichts »Erlkönig« in den Sinn, und ich konnte nicht verhindern - obwohl ich mir alle Mühe gab, meine ganze

Aufmerksamkeit auf die Abwicklung des Anbordgehens zu lenken –, dass sie in mir anfingen zu schreien: *In den Armen das Kind war tot...*

Nachwort

Die Stärke dieser Geschichten liegt in dem Nichtausgesprochenen, in einer Atmosphäre, die oft mit dem Begriff »magisch-real« erfasst worden ist. In der Begegnung mit den Geschehnissen werden die Leserinnen und Leser zunächst einmal in einen Zustand der Verunsicherung versetzt, wenn sie das Magische mit vertrauten Deutungsmustern zu verstehen versuchen. In der iberoamerikanischen Literaturkritik wird der »magische Realismus« als ein spezifisches Konzept für eine derartige Literatur herausgestellt. Dieser Begriff erscheint mir jedoch nicht umfassend genug, um die mysteriöse, aber auch handfeste Welt Hispanoamerikas auszuschöpfen. In der nachexpressionistischen Literaturkritik Europas spricht man in Bezug auf Kafka ebenfalls vom magischen Realismus.

Nach der gewaltsamen kulturellen Umorientierung, die der Eroberung Mexikos im 16. Jahrhundert durch das katholische Spanien folgte, das die hoch zivilisierte indigene Welt Mexikos zerstörte, ging die Geschichte weiter mit Synkretismen, Überlagerungen, Verschmelzungen und Unterdrückungen. So wurde etwas Neues, ureigen Mexikanisches ans Licht gebracht, das sowohl Chronik als auch Magie beinhaltet.

Was heißt dies? Der Mexikaner baut seine Welt nach scheinbar logisch-rationalen Gesetzen, die aber von einem alten Strom magischer Wirklichkeit unterlaufen werden, der, wie der mexikanische Poet und Essayist Octavio Paz feststellt, aus einem prärationalen Bewusstsein der indianischen Urbevölkerung gespeist wird. Dieses Bewusstsein ist gekennzeichnet von der Unterordnung des Einzelnen unter das Ganze, auch unter die Natur und den Kosmos, ebenso unter das Familienoberhaupt und den Priester.

Trotz des »traumatischen Kulturschocks« haben sich diese

Charakterzüge im christlichen Weltbild erhalten, mit anderen verschmolzen und wechselseitig durchdrungen. Auf diese Weise bleibt die Macht des Maya-Priesters beispielsweise in der Gestalt des katholischen »Padre Angel« erhalten (siehe die Geschichte: »Milagros Figueras beichtet«). Die beiden Frauengestalten »Milagros« sowie »Doña Rosalina« (siehe die Geschichte: »Als Don Alfonso mit dem Pferd über den Küchenherd sprang«) stehen unter dem Druck, sich dem Familienoberhaupt unterordnen zu müssen. Mit meinen Erzählungen will ich jedoch diesen Kreislauf durchbrechen, z.B. in der Person der alten Doña Eulalia, die beherzt die Zügel des Pferdes ergreift und Don Alfonso in die Hölle schickt. Auch Concha in der Erzählung »Die Einsame vom Río Balsas« bricht letzten Endes in ihr eigenes Leben auf.

Der kulturelle Überfall durch die fremde Kultur aus Europa brachte in Mexiko eine Wirklichkeit hervor, die zwar logisch-rationalen Gesetzen folgte, sich aber auch tief mit mythischen Wesensanteilen vermischte. Die Hintergründe dieses Alltagsbewusstseins sind nicht vernunftorientiert, weil der Mensch die Phänomene der Welt mit einem Bewusstsein deutet, das nicht ausschließlich der Vernunft folgt.

Hinzu kommt noch, dass die Identitätssuche ganzer Völker von ihren präkolumbischen Vorbildern geprägt ist, die in ihren Zeugnissen, bei den Mayas dem »Popul Vuh« und im aztekisch-toltekischen Kulturkreis den »Mexikanischen Gesängen« und dem »Kodex von Cuauhtitlan«, Modelle einer nicht logischen Alltagsbewältigung anbieten. Im letzteren finden sich auch die Mythen von der Geburt des Sonnengottes und dem Hasen im Mond, von mir hier eigens verändert. Diese sind Bestandteile eines altaztekischen religiösen Epos, das, von einem aztekischen Adligen erinnert, von den ersten Franziskanern in Mexiko in lateinischer Umschreibung im Kodex von Cuauhtitlan aufgezeichnet wurde, der verlorenging, erst 1903 in Florenz wieder auftauchte und 1938 von Walter Lehmann ins Deutsche übersetzt wurde.

Im Kontext solch historischer Umbrüche kommt der Sprache eine besondere Bedeutung zu, weil sie nach Octavio Paz in seinem Buch *Los hijos del limo,* deutsch: *Die Kinder des Schlamms*, die Aufgabe übernimmt, die untergegangene Welt vor dem Hintergrund einer stummen Geschichte in Worten neu zu gründen. Gabriel García Márquez spricht von der »gesegneten Manie« zu erzählen. Für den Prozess der schöpferischen Gestaltung, der sich bis zur Leidenschaft steigern kann, will Márquez alles in der Welt geben.

Die schöpferische Kraft des Wortes wird der Ort der geistigen Erschaffung der Wirklichkeit. In der Sprache wird der Wille deutlich, individuelle existentielle Daseinserfahrung symbolisch werden zu lassen, das heißt, dass auch Momente kollektiver Geschichte in ihr aufgehoben oder neu zum Vorschein gebracht werden. In den vorliegenden Texten stellt sich die Kollektivgeschichte neben der Individualgeschichte beispielsweise im Fortbestehen kolonialer Herrschaftsstrukturen in der Kirche dar oder im Männlichkeitswahn, dem »machismo«.

Es gibt eine im Menschen verborgene eigengesetzliche Wirklichkeit, die mit konventionellen Deutungsmustern nicht erklärt werden kann. Diese wird zu einer Macht, die dem Menschen gegenübersteht als eine Art antagonistischer Gegenspieler mit metaphysischem Charakter. Zweifelsohne begegnet dem Leser dieses Phänomen auch in anderen Kulturen, beispielsweise auf dem afrikanischen oder australischen Kontinent. In meinen Geschichten wird der rote Jaguar mit den grünen Augen zum Schlüsselbild für diese Urkraft auch in der Erscheinungsform der Dichtung.

Ich möchte in meinen Erzählungen nicht dem Zwang einer logischen oder psychologischen Erklärung der Lebenswirklichkeit Mexikos verfallen, sondern will im Schreiben die unmittelbare Wirklichkeitserfahrung, das Geheimnis, das in ihr schlummert, ansprechen und enthüllen. Letztlich ist dies nicht nur eine Erweiterung der Wirklichkeitserfahrung für mich selbst, sondern auch für die Leserinnen und Leser, wenn sie sich in den Texten von einer einseitig rationalistischen Wirklichkeitsdeutung entfernen und auf eine magisch-reale Weltauffassung im Rahmen der mexikanischen Literatur einlassen. Charakteristisch für dieses Wirklichkeitsbewusstsein ist, dass es eine unmittelbare Wirklichkeitsdeutung zum Ausdruck bringen will und sowohl dem Autor als auch dem Leser ein breites Spektrum der Annäherung an diese Wirklichkeit erlaubt, sie entziffert und entzerrt und dabei dem Geheimnisvollen in den Dingen auf die Spur kommt.

Eine andere bedeutende literarische Quelle ist neben den präkolumbischen Vorbildern und jüngeren indigenen Einflüssen die mestizische Volkskunst. Der Umgang mit dem Tod in den Erzählungen eines Juan Rulfo, in denen der Tod keine Grenze ist, wo die Toten wie die Lebenden sind, basiert auf einem uns fremden Verständnis vom Tod, das sich in der Volkskunst, besonders an Allerheiligen, überall in Mexiko präsentiert. In diesen Zusammenhang stellen sich einige meiner Texte wie »Juan aus Cholula und der Totenkopf«, »Chichén Itzá oder: Am dunklen Mund des Brunnens« und »Die alte Erdgöttin«.

Doch es geht nicht allein darum, der indigenen und der mestizischen Welt Ausdruck zu verleihen, sondern mehr noch um die Würdigung einer der Tradition entstammenden und in unserer Zeit noch lebendigen Auffassung von Wirklichkeit, die gelegentlich in der Literatur als die dritte - vielleicht die poetische - Wirklichkeit bezeichnet wird. Deshalb habe ich als Europäerin, die lange Jahre in Mexiko gelebt und dort ein Literaturstudium absolviert hat, meine Erfahrungen mit den literarischen Mitteln zu verarbeiten versucht, die ich in Mexikos Literatur gefunden habe.

Worterklärungen

Anafre
herumtragbares Blechöfchen mit einem Kohlenbecken und einem Rost.

Cempasuchil
von Xochitl abgeleitet, was in atztekisch die Blume heißt, hier in Verbindung mit *Cempa* die Bezeichnung für die Totenblume ist, die der Tagetes in unseren Breiten sehr ähnelt.

Cenote
natürlicher Wasserteich, der von den Mayas für Opferrituale benutzt wurde und sich im Bereich einer Pyramidenanlage befindet.

Chaak
der Regengott, der mit seinem Rüssel auf den Pyramidenfeldern der Mayas abgebildet ist. Meist ist er in der Maya-Mythologie der Vorbote der Schlangen.

Comal
ein rundes Blech, auf dem in Mexiko die Tortillas gebacken werden.

»dale dale«
Rufe beim Rangieren eines Autos. Wörtlich übersetzt heißt das: »gib ihm«, womit gemeint ist, dass man etwas näher an das Hindernis heranfahren kann.

Gringo
auf spanisch der Fremde

Huipil
altmexikanische Bezeichnung, noch heute gebräuchlich für das handgewebte Gewand, das die Frauen eines Dorfes tragen.

Kaische
von »calle«, »Straße«

Manzana
Häuserviereck

Metate
im mexikanischen Spanisch die Steinplatte aus Basalt, auf der der Mais gemahlen wird.

Mole
scharfe Chili-Pfeffersoße, mit Schokolade gesüßt

Posada
Herbergssuche für das Jesuskind, das einige Wochen vor Weihnachten von Straße zu Straße getragen wird, Einkehr sucht und in jedem Haus mit einem Fest empfangen wird.

Quetzal-cóatl
zusammengesetzt aus quetzal und cóatl, wobei quetzal Vogel bedeutet und cóatl die Schlange.

Tamales
Maispasteten (pikant oder süß), in Maisblätter verpackt und in einem *Icxtamal* genannten Topf gegart.

Tlalocan
abgeleitet von Tlaloc, dem Regengott; die Stelle, wo Wasser im Übermaß vorhanden ist und mit unserem Paradies verglichen werden kann.